Thomas Herrgård

Högt och lågt med Orvar och Bengtsson

Den smått (o)sannolika historien om Orvar korvar och uppochnedvända Bengtssons detektivbyrå för olösta fall och mysterier.

FSC
www.fsc.org
MIX
Papper från ansvarsfulla källor
Paper from responsible sources
FSC® C105338

Omslag och illustrationer: Maria Westlin

Förlag: BoD - Books on Demand, Stockholm, Sverige
Tryck: BoD - Books on Demand, Norderstedt, Tyskland
ISBN: 978-91-7569-140-4

Till att börja med...

Att bli äldre är inte alltid så roligt som det låter. Det är då som ens vänner och anhöriga börjar försvinna och få annat för sig, det är då man måste jobba och tjäna pengar och ta ansvar för så mycket saker. Och så är det ju det här med det barnsliga som man fortfarande har inom sig men inte riktigt får utlopp för, som man måste hålla tillbaka och inte visa. Allt det där man inte får göra därför att man är vuxen och bara måste göra vuxensaker.

Ja, vad skulle egentligen hända om människor fick vara lite mer barnsliga, om de fick ha sina drömmar kvar och om de kunde få utlopp för sin fantasi som bara barn kan? Om man skulle skriva en bok om det, hur skulle i så fall en sådan bok se ut? Ja, kanske skulle den handla om två lite ovanliga, men samtidigt ganska vanliga, män som gör en del minst sagt tokiga saker tillsammans. Förhoppningsvis skulle det vara något som både unga och gamla kunde skratta och ha roligt åt, men samtidigt också innehålla en del av det tråkiga och ledsamma som kan hända i livet. Lite som en vuxen bok för barn, eller som en barnslig bok för vuxna om man så vill...

Uppochnedvända Bengtsson hittar en skatt

Den alldeles ovanligt vanliga småstaden som den här berättelsen handlar om skiljer sig inte mycket från andra idylliska och lite pittoreska städer av mindre mått. Där finns det en del gamla hus blandat med lite nyare, som på de flesta platser. Det finns affärer och butiker, gator och trottoarer och ett litet torg omgivet av sådana viktiga byggnader som banker, apotek och kontor för stadens politiker. Där finns också, precis som i de flesta städer, en park med en liten näckrosdamm för fågellivet, där de äldre kan mata änder, och de lite yngre kan rasta sina hundar eller bara ta en promenad i solskenet. Som i de flesta små städer finns det också närhet till lite större vatten där man kan höra måsarna skria, ha båtar, eller till och med ta ett bad om vädret passar för det. En liten stad med både små och lite större hus, där både bilar, cyklar och fotgängare kan samsas om utrymmet. Kort sagt en stad där alla som någon gång bott i en mindre svensk stad utan större svårigheter skulle kunna känna sig som hemma.

I den här staden samsas, som i alla andra städer, både vanliga och lite ovanliga människor och djur, och inte så särskilt mycket händer som inte hör till det alldeles vanliga. Det vanliga livets vanliga lunk, där människor går till jobbet på morgonen och går hem igen på eftermiddagen och någon gång där emellan ses för att fika, handla eller kanske rasta hunden.

Allt som oftast är det folk som rör sig även på små platser, men ibland, om morgnarna, långt innan bilar och människor börjat trängas runt omkring kan man få möjligheten att känna att man är alldeles för sig själv i den lilla staden. Om våren, om man är tidigt ute, kan man tydligt få höra fåglarna sjunga för den stigande morgonsolen och man kan, mycket tydligare än annars, också höra sina egna steg mot trottoaren under en enslig promenad. Innan värmen riktigt har stigit kan man också sakta ner sina steg och känna den ro som vilar över den lite ödsliga tomheten i en stad som inte riktigt har vaknat.

Ibland, om man har tur, kan man som jag också råka möta och kanske få uppleva två alldeles vanliga personer som också de är ute på en av sina alldeles för vanliga morgonpromenader. Två alldeles vanliga personer som då och då gör sig påminda och på grund av sitt lite udda yttre kan få bilden av den idylliska staden att spricka lite i kanterna. Det är också om dessa personer den här berättelsen mestadels kommer att handla.

Några skulle nog lite oskyldigt kunna tycka att de båda kanske lite ovanliga vännerna ändå utgjorde ett underhållande inslag i stadens annars så vardagsgrå utbud, men en hel del andra skulle också säga att de båda männen var minst sagt udda, konstiga eller rent av helt från vettet. Några särskilt besynnerliga personer, eller ett omaka par helt enkelt, som inte riktigt stämmer in på människors föreställningar om vad som hör till det vanligt vanliga. Och särskilt inte i en stad som så tydligt vill förespegla en idylliskt rofull tillvaro i en annars så händelserik värld.

Den ene av de båda vännerna var uppochnedvända Bengtsson. Han kallades så av andra för att han hade en alldeles särskild stil när han gick. Med byxbaken i vädret och huvudet vid marken brukade han ansträngt hasa fram som om någon ovarsamt skulle ha vikt honom på mitten som en trasig docka man låtit gå iväg. Det var mest huvudet ner för honom med andra ord. Själv brukade han också lite skämtsamt säga att det nog mest berodde på att han har jobbat så mycket med trädgårdsarbete, då får man ju titta ner så mycket i marken hela tiden. I själva verket hade han inte gjort mycket till arbete överhuvudtaget i sitt liv, inte mycket mer än den ansträngning det antagligen var att krångla sig i och ur sina lite för stora byxor varje dag, både morgon och kväll. Det var som det var med den saken, det gick inte att ångra något man inte själv hade valt och en fördel var ju att det fick det att se ut som om han log och var glad fast han i själva verket var sur som ett åskmoln.

Egentligen var det en sjukdom med något konstigt namn, sådant man mycket oftare kunde få en släng av på den tiden han var barn, men saker som var så krångliga att uttala behövde man just inte prata så förfärligt mycket om, tyckte han. Det fanns inte så mycket man kunde göra åt det heller och visst hade det sin särskilda charm att vara så här, sa han ofta själv, man blir liksom mer jordnära och så får man en lite annan syn på livet.

Krokig som han var så fick han ändå mest titta ner i marken när alla andra såg spännande saker i skyn. Sjukdomen han hade dragit på sig hade han, som sagt, gjort redan som barn, men den sjukdomen var sedan länge både över och borta för Bengtsson. Numera var han i alla fall pensionär och behövde inte längre tänka så mycket på vare sig trädgårdar, annat arbete eller elakartade barnsjukdomar, men det hade tveklöst satt sina spår och det är ett minne som inte är så lätt att dölja för andra när han går, det är då ett som är säkert. Nu var det också en stor tur för honom att hans närmaste följeslagare, i det mesta han företog sig, inte tycktes bry sig så stort mycket om den detaljen, utan lät honom vara som han var, precis så mycket som han kunde.

Den andre av de två var Orvar korvar. Han såg allt på ett lite annat sätt än uppochnedvända Bengtsson. En del skulle nog kalla honom komplett galen men så hade han också, till skillnad från Bengtsson, huvudet högt och ansiktet i färdriktningen precis som det ska vara hos en som ständigt rusar fram i hög hastighet. Om det fanns något han också var särskilt förtjust i så var det korv. Lite mer än andra kanske skulle tycka var vanligt. Allra helst skulle det vara långa, kokta, varma korvar i bröd, precis så som det alltid har varit.

Där Bengtsson var lite mer återhållsam och eftertänksam tycktes Orvar ofta vara tvärt om. Precis som ett barn kunde han bli lite överdrivet engagerad i saker som för stunden kunde verka omåttligt intressanta och precis som om han var försedd med en av/på-knapp fanns det sällan något mellanläge i hans känsloyttringar. Han var oftast antingen överväldigad eller likgiltig inför saker och oftast gick det också ut över Bengtsson, som med sitt enastående tålamod också kunde vänta ut de stormar som stundom drog över Orvar. Även om de båda alltså hade sina sidor så utmärkte sig ändå Orvar genom sin impulsivitet och ibland omedelbara vilja att utföra vissa saker. Där Bengtsson såg en blomma, kan man väl lite beskrivande säga att Orvar såg skyn men ingen av dem såg något däremellan. Två ovanligt olika vänner med andra ord.

Det som gjorde Orvar mest ovanlig var ändå att han inte hade något jobb, precis som många andra. En annan av hans egenheter var att han samlade på saker. Då är det inte frågan om något vanligt samlande som de flesta skulle tycka var normalt, utan han samlade urskiljningslöst på alla möjliga saker. När andra samlar på saker som frimärken, mynt eller LP-skivor, sådant som går att ordna och katalogisera, samlade Orvar på vadhelst han kunde komma över. Gamla tidningar som han hittade här och där och lite småsaker som han uppriktigt trodde kunde komma till användning. Spikar, skruvar, glasbitar, runda och platta stenar, en del knappar och lite olika sorters papperslappar som han lagt i olikfärgade plastlådor i en bokhylla.

Att han samlade på just tidningar berodde väl mest på att han var alldeles särskilt förtjust i kriminalhistorier. Även om man nu inte riktigt kan säga att han hade förläst sig på allt som har med mord och mysterier att göra, så var han ändå lite mer än vanligt intresserad av just sådant som gick att läsa om mystiska kriminalfall och ouppklarade brott. Någonstans i allt detta kunde han ibland också drömma sig bort till en värld där han själv var den som löste alla svårigheter. Därför samlade han också på allt möjligt som han trodde att man kunde få användning av och arkiverade i små lådor i sin lägenhet, i synnerhet tidningar som han, som sagt var, var alldeles särskilt förtjust i.

– Vad har du i alla de där lådorna egentligen? brukade uppochnedvända Bengtsson ofta fråga honom då han kom på besök. Inte så mycket för att han först verkligen undrade eller uttryckte någon särskild omsorg om hans lite trånga boende, utan mer för att kunna ha något att säga överhuvudtaget. Nu var det ju inte så att han inte alls brydde sig om sin kamrat och över hur han hade det i sin lilla lägenhet. Det var mer av artighet han frågade, men när det ändå hade förts på tal kunde han ju inte låta bli att undra. För det var ju ändå så att han trodde att en hel del av det där inte skulle behöva stå i en hylla, i en lägenhet, hos någon som ändå redan hade det alldeles för trångt.

– Lite allt möjligt som kan vara bra att ha, svarade Orvar också, allt som oftast utan att egentligen fästa någon större vikt vid det praktiska.

– Men behöver du verkligen så mycket? vad ska du egentligen ha allt till?

– Det vet man aldrig när det kan komma till användning, plötsligt kan det vara just en bit snöre eller en kapsyl som behövs och då vet man att man har det.

Även om uppochnedvända Bengtsson nu inte riktigt kunde förstå vad Orvar korvar skulle med så mycket strunt till, så var han ändå glad över att ha en vän att besöka, så för honom kunde han få spara på vad han ville så länge det gjorde honom glad. Orvar korvar kände också en särskild glädje över att vara vän med uppochnedvända Bengtsson, för hur det var så hittade han nästan alltid något på marken som kanske kunde vara bra att ha och som Bengtsson själv inte tycktes ha någon användning för.

Nu hände det sig en dag just som det ibland brukar, att de två helt vanliga personerna var på en helt vanlig promenad, en helt vanlig morgon då fåglarna sjöng och solen precis var på väg upp över en klarblå himmel. Luften var hög och sval och den alldeles särskilt fina våren gav också vår lilla stad en alldeles särskild lyster. Med sina skira små ljusgröna blad och nätta, gyllengula vårblommor, förgylldes plötsligt de allmänna parkerna och planteringarna för vemhelst som ville promenera där och det bådade gott om en lång och varm sommar.

Då den ene av männen till synes också var arbetslös och den andre otvivelaktigt var pensionär hade de också väldigt mycket tid till just promenader, -ett i sammanhanget förhållandevis enkelt tidsfördriv, som också hade den fördelen att det var alldeles gratis. Inte krävde det allt för stora förberedelser heller. Promenader var därför något som synnerligen väl passade såväl gammal som ung, för att inte tala om de som drogs med en ganska skral ekonomi.

Sin vana trogen tog de båda männen också promenadvägen som de brukade genom de gamla kvarteren, för att se på de gamla trähusen som inget hade hänt med de senaste hundra åren. För ovanlighetens skull hade heller inget brunnit, ändrats eller målats om, som ju är det som brukar hända med gamla hus och stadsdelar. Sådant som man sedvanligt och planenligt återskapar på muséer senare. Och så gick de också vanemässigt den rutt de så många gånger gått utan att något egentligen hände som var värt någon närmare betraktelse. Här hade man kunnat lämna berättelsen om det nu inte vore för det att man aldrig riktigt kunde veta när något skulle fånga Orvars blick och därför också få allt att ta en helt annan riktning för dem båda.

– Det här var fina hus det, brukade uppochnedvända Bengtsson vanemässigt säga då de gick den gamla gatan upp, här har det bott människor bra länge.

– Ja, här skulle man kunna bo, brukade Orvar korvar också svara när han såg någon tilltalande byggnad med lite mer historia, och på den vägen var det med det mesta, mycket blev detsamma dag efter dag. Samma stigar, samma samtalsämnen. Inte mycket ändrades utan det mesta blev som det var.

Då de brukade komma ner till den lilla viken vid vattnet kunde Orvar korvar, så impulsiv han var och sin vana trogen, också plötsligt få för sig att bada. Inte gjorde det honom något att det bara var april och alldeles för kallt i vattnet, såvida man inte hade en särskild vana för just vinterbad.

Om det nu var något som Orvar var särskilt förtjust i förutom korv, gamla tidningar eller annat hittegods, så var det att bada. Så länge han kunde minnas var det något alldeles speciellt med just vatten som liksom drog honom till sig och oavsett vilket väder det var så kunde också speglingar i vatten få det att tändas en lite barnslig längtan i hans ögon. Han kunde stå och hoppa jämfota upp och ned i timmar i rena ivern över att få hoppa i, stänka med fötterna i vattnet, dyka och rulla runt i skummet. Det var verkligen som att få se ett pånyttfött barn. Som många vuxna hela vintern kunde längta efter att få gå i shorts, så längtade Orvar efter att få gå i vatten och i den meningen var han mer som en säl än en normal vuxen människa, det är i alla fall vad många andra skulle tycka om de fick se honom plaska runt som en dåre i vatten.

Med Bengtsson var det tvärtemot, att bada hade liksom aldrig varit hans grej, om man så säger.

– Åh, så soligt och fint det var idag! utbrast Orvar lika aningslöst som han ofta brukade, ska vi inte ta ett bad?

Lika tanklöst som vanligt såg han förstås bara de glittrande krusningarna i vattnet och kunde inte ens för ett ögonblick föreställa sig något annat än sig själv guppande runt i de silverglänsande vågorna i det, för stunden, iskalla vattnet i viken.

– Det skulle se ut det, svarade Bengtsson lika torrt, men klarsynt som han oftast gjorde, jag skulle nog drunkna innan jag hann blöta ned badbyxorna.

När Orvar fått tänka igenom det hela en stund, och kommit på att han förstås inte alls hade tänkt på hur svårt det skulle vara för Bengtsson och hur illa det nog skulle se ut om Bengtsson fått stå där med bara rumpan stickande upp över vattenytan, så slutade det istället som det brukade. De satte sig på en bänk och såg förstrött på fåglarna som bekymmerslöst simmade runt i vattnet kring de våta stenarna vid strandkanten i väntan på en brödbit eller två.

När de båda männen hade suttit där en bra stund utan att något särskilt hade hänt mer än att de fått lite sol i ansiktet och några pensionärer hade utfodrat fåglarna med en gammal brödkant, var det som om det plötsligt började suga okontrollerat i magen på Orvar korvar. Om det nu inte varit för att fåglarna vid stranden redan ätit upp pensionärernas brödrester hade det absolut kunnat duga för att få tyst på det lilla mullrande som hade börjat höras från hans mage. Inte var det mycket bättre att han också var utan arbete och därför nästan inte hade några pengar alls att köpa sig en matbit för.

– Nog är det väl synd att ge fåglarna en så fin limpkant, tänkte Orvar då han såg fåglarna så gladeligt göra slut på brödbitarna som slängdes åt dem, och det samtidigt som hans egen mage började föra ett väldigt liv. Ska vi inte gå och köpa oss en varmkorv Bengtsson? Du har väl någon slant över i fickan va?

– Nja, jag är ju inte så mycket för korv jag, svarade uppochnedvända Bengtsson, samtidigt som han pillrade runt i sin ficka med ena handen som för att känna om den eventuella slanten han eventuellt kunde ha, låg kvar där den gjorde.

– Det gör inget, du kan få slicka av senapen så äter jag resten, sa Orvar, samtidigt som han intuitivt satte av inemot staden, med Bengtsson efter sig som vagnen efter en skenande häst.

De båda männen hade för första gången träffats för ganska länge sedan, på en kurs för relativt ensamma och arbetssökande individer. Man skulle alltså enkelt uttryckt kunna beskriva den ene som en kolerisk opportunist och den andre som en ganska butter men jordnära realist. Som två sidor av samma mynt eller som två olika mynt i samma påse, hur man nu väljer att se det. Även om de flesta i deras omgivning för enkelhetens skull såg dem som två idioter kort och gott.

Mot alla odds hade de ändå funnit varandra och träffats nära nog varje dag sedan dess. Det gav inget jobb den gången, men en vänskap som var en ganska god tröst i den ensamhet de annars hade känt.

Som sagt, så var de i mångt och mycket varandras motsats, inte minst i hur de klädde sig. Uppochnedvända Bengtsson oftast i kavaj och hatt som äldre oftast har och Orvar korvar i vad han för tillfället råkade ha i närheten.

Uppochnedvända Bengtsson var utan att överdriva den av dem som hade lite mera ordning i sin tillvaro medan Orvar korvar nog oftare tänkte lite mera som att varhelst det fanns ett tillfälle skulle man passa på, och då var det nog tur att de hade varandra, så att det åtminstone minimerade risken för några större tråkigheter.

När de efter sin lilla vila väl hade börjat gå igen så tog de den rakaste vägen de visste upp emot stadens centrum. Uppochnedvända Bengtsson hasade sig flåsande fram som han brukade medan Orvar korvar hela tiden var steget före som han också brukade vara. När han väl fått en tanke så fanns det inte mycket som kunde stoppa honom och dessutom ville han inte gärna missa något intressant som kanske Bengtsson annars skulle hitta före honom. För övrigt var det tydligt att han hade mycket mer energi än uppochnedvända Bengtsson någonsin haft och inte bekymrade det honom något vidare att Bengtsson ideligen var tvungen att stanna för att hämta andan. Sådan var han, Orvar, tanklös som ett barn så snart en tanke kommit över honom. Någon kanske skulle säga att han hade onödigt mycket energi för att vara arbetslös, i alla fall de som hade bestämt att det skulle vara så förfärligt svårt att få jobba. Många som jobbade skulle nog också tycka att det var ett förfärligt slöseri med vackert väder när de inte kunde få njuta av det på sina kontor och så. Det tyckte verkligen inte Orvar och Bengtsson även om de ibland önskade att de kunde göra lite mer av sin obegränsade fritid, åtminstone kunde de ha användning av lite mera pengar.

Glada som de trots allt var bar de båda vännerna ändå iväg uppför backen emot stadens centrum. Orvar som fått upp farten rusande fram en bra bit före med sin kurrande mage och med Bengtsson lunkande lite på efterkälken eftersom han hela tiden nära nog sparkade sig själv i ansiktet när han gick.

– Nu får du allt hålla i hatten Bengtsson om du ska hinna med, ropade Orvar korvar efter honom så att det bokstavligen ekade mellan husväggarna. Inte tänkte han så vidare mycket på att han möjligtvis kunde störa en sovande befolkning, sugen som han var på en varmkorv.

– Jag märker det! Det finns verkligen inget som kan få sådan fart på dig som lite kurr i magen, kippade Bengtsson fram mellan andhämtningarna i sina ansträngningar att hänga med i Orvars närmast galna framfart.

Orvar var verkligen en person som styrdes av magen; om magen var hungrig och det fanns en korv eller liknande i närheten var det dit han styrdes och då fanns det inte mycket Bengtsson kunde göra åt det. Det var bara att följa med så gott det nu gick i det tillstånd han befann sig i.

Och det var heller inte förrän vid ett av de första stadskvarterens enda närbutik, vid korsningen av stadens kanske mest trafikerade gata, som det (som tur var för Bengtsson) tog stopp för de båda männen och den här allt för vanliga historien skulle komma att ta en märklig vändning.

*

Orvar korvar hade förstås bara gått förbi den, så målinriktat ouppmärksam som han var. Men uppochnedvända Bengtsson hade av naturliga skäl inte kunnat missa den. En alldeles oemotståndlig skatt för en sådan samlare som Orvar korvar. En blänkande röd portmonnä.

Stor, påkallande röd och alldeles övergiven låg den där på marken framför Orvar och blänkte som om den talade till just honom. Säkert alldeles smällfull med pengar också. Bengtsson böjde sig det lilla han behövde för att plocka upp den röda portmonnän ifrån marken och knappt hade han fått ett ordentligt tag om den förrän Orvar korvar som upptäckt att det var något han missat kom springande som en älg nedför backen. Vid det laget hade han också helt glömt att han i normala fall brukade undvika att gå på strecken i trottoaren.

– Vad har du hittat? utbrast Orvar flåsande av ansträngningen.

Ivrig som en hund som tror det vankas godis nästan jämfotahoppade Orvar korvar runt Bengtsson för att få se vad han hittat. Och alldeles andfådd som han var av sin ansträngning kunde han knappt få fram ett ord om hur gärna han ville hålla i den nyfunna skatten. En röd och blank portmonnä som tycktes bulta som ett litet hjärta i handen på uppochnedvända Bengtsson.

– Öppna den, öppna den, öppna den så vi får se vad som finns i den! tjatade Orvar korvar så full av iver att man kunde tro att han skulle spricka vilken stund som helst. Vem som helst som hade passerat då hade utan tvekan trott att de sett en person som allra minst mist förståndet och om man inte vetat bättre skulle man nästan kunna tro att uppochnedvända Bengtsson också njöt lite av att se Orvar springa runt och tjata som ett barn. Hade det nu inte varit för att han ändå var lite nyfiken själv, så hade han kunnat låta Orvar hålla på så tills han tröttnade. För hur vuxna de än var så kunde de ändå ibland vara lite barnsligt retfulla mot varandra.

Den illröda lilla portmonnän innehöll en tjugokronorssedel, några mynt, en ganska smal, blank och pärlförsedd ring av sådan sort som man ibland får i tuggummiautomater och en papperslapp där det stod:

3 DL. GRÄDDE

1 L. MJÖLK

BLåbERSSYLT

Orvar korvar, som allt som oftast kunde ha lite svårt för att behärska sig och vid det här laget var alldeles utom sig av upphetsning, ryckte ivrigt åt sig portmonnän ur handen på uppochnedvända Bengtsson så att både mynten och ringen rullade ut på trottoaren.

– Det är superfint det här Bengtsson! utbrast Orvar korvar medan han stående på knä famlade efter mynten på marken. Det räcker precis till en varmkorv med bröd och så en till lite senare. Det är som jag säger, det här med pengar det ordnar sig alltid på något vis.

Orvar var ju sådan att han inte tyckte att det här med pengar var något man behövde tänka så mycket på då det ändå oftast löste sig när det behövdes. Uppochnedvända Bengtsson var däremot som ni kanske förstått vid det här laget, en lite mer realistisk och ordningsam natur och kunde därför inte riktigt hålla med honom om det.

– Inte kan man bara ta pengarna som man hittar, sa Bengtsson torrt.

– Äsch! Ibland kanske det kan ligga någon gammal sedel och skräpa mellan tidningarna hemma hos mig, den tar jag och handlar för jag.

– Men den är det ju ingen som skulle sakna, hittar man något ute så är det med all säkerhet någon annans och då får man lämna det till polisen, så är det bara.

Även om Orvar korvar i sin hunger hade talat med magen snarare än huvudet och först kände sig lite besviken över att inte få behålla det han hittat, eller rättare sagt, det Bengtsson hade hittat, så förstod han ändå till slut rimligheten i att någon borde sakna sin borttappade portmonnä eller åtminstone det som var i den. När han också hade fått fundera en stund på saken så övertygades han också dessbättre av tanken att någon nog måste sakna den. Till och med så mycket att den personen antagligen var beredd att betala hittelön till den som hade funnit den. Nämligen Orvar och Bengtsson.

Det här var en mycket mer tillfredställande tanke för Orvar, att göra rätt och göra gott, och det var nog där någonstans som hela idén föddes i honom. Idén som skulle förändra hela den sommaren för både Orvar, Bengtsson och flera andra som för tillfället skulle råka komma i vägen för dem.

– Vad finns det för ledtrådar? ropade Orvar korvar plötsligt till, som om han tydligt ville visa att han ändrat sig beträffande innehållet i portmonnän Vi måste hitta ägaren till skatten.

– Men ska vi inte gå till polisen med portmonnän? Man brukar gå till polisen med upphittade saker, det brukar man.

– POLISEN! Är du inte klok? VI SKITER I POLISEN! Polisen löser inte några sådana saker begriper du väl, sådant har de inte tid med, de sysslar väl med allvarliga brott. Mord, rån och kidnappningar. Inte gör de något av en så liten sak som en portmonnä. Det här mysteriet får vi allt lösa själva om det överhuvudtaget ska kuna ordnas upp.

Plötsligt var det som om allt hade fått en ny mening för Orvar korvar och allt han tänkte nu var hur de skulle lösa fallet med den borttappade portmonnän. Han såg det hela framför sig som i en dröm. Skylten ovanför dörren till hans lägenhet: Orvar och Bengtssons detektivbyrå. Hur de letade upp spår och ledtrådar och såg till att människor fick sina försvunna ägodelar tillbaka. Han kunde riktigt känna spänningen när de skulle smyga omkring i mörka kvarter i sina detektivkläder och lösa omöjliga fall. Bengtsson med sitt självklara sinne för att nosa upp spår och han själv som med sitt skarpsinne kunde lösa själva pusslet.

– Vad finns det för ledtrådar i portmonnän? frågade Orvar korvar igen, samtidigt som han gav tillbaka den med både mynt och ring till uppochnedvända Bengtsson.

– Ja, det är ju den här ringen då, svarade Bengtsson, och så papperslappen, resten är ju bara sådant som alla har i sina portmonnäer, som en hårsnodd med lite ljusa hårstrån på.

– Vad säger papperslappen då? sa Orvar fortfarande nästan hoppande av iver, lite som ett barn på julafton.

– Det skulle ju kunna vara en inköpslista.

Bengtsson visade Orvar listan med varor som legat i portmonnän.

Någon kan alltså ha varit på väg till en affär! tänkte Orvar, någon med ljust hår.

Orvar korvar kände redan att han var något på spåren och att det, i hans tankar redan beryktade deckarparet med sitt berömda skarpsinne, nog ganska snabbt skulle klara ut ett sådant fall.

Den tillfredsställelse han plötsligt kände över att äntligen ha något riktigt betydelsefullt att göra, visste inga gränser och något i hela hans framtoning avslöjade att han nog tyckte att han redan då hade överträffat sig själv. Till saken hör ju att Orvar inte alltid hade lika lätt för att tygla sina känslor som Bengtsson och att vara impulsiv kunde i hans fall lika ofta innebära att vara explosiv. Man skulle utan att överdriva definitivt kunna säga att han till skillnad från Bengtsson hade lite svårt för att just vänta och tänka efter före.

– Någon måste ha varit på väg till en affär, upprepade Orvar.

– Eller på väg ifrån en affär, svarade Bengtsson snabbt som för att sticka hål på den lilla bubbla som höll på att växa inom Orvar, pengarna i portmonnän skulle väl knappast räcka till allt som står på listan. Eller vad tror du?

– Bra Bengtsson! Jag skulle bara kolla så att du hängde med.

Det var med andra ord inte riktigt Orvars natur att erkänna att andra kunde komma på saker som han inte redan tänkt ut. Inte bekom det honom heller vidare mycket att han kunde ta åt sig äran för någon idé som inte var hans från början, och redan innan han sagt orden till uppochnedvända Bengtsson tycktes han återigen vara på väg.

– Kom igen Bengtsson! var är närmaste affär? vi har ett fall att lösa.

Alldeles runt hörnet låg också närmaste närbutik till vilken de båda männen nu hastigt styrde sina steg. Först gick Orvar korvar som vanligt med andan i halsen och efter kom uppochnedvända Bengtsson i lite mer varsam takt som för att göra sken av att han inte riktigt hörde ihop med den för stunden lite kollriga Orvar. Man skulle minst sagt kunna säga att om någon precis vid den stunden hade tagit en bild av de båda männen, så hade den säkert varit till stor glädje och munterhet för många under lång tid framöver.

Inne i den lilla närbutiken gick de båda männen, helt obekymrade om ett sedvanligt kösystem, direkt fram till en ung och lite oerfaren dam som satt i kassan. Till en början tog hon inte någon större notis om männen som stod framför henne, upptagen som hon var med sina vanliga och lite monotona kassaärenden. Men lika påstridiga som de var, lika överrumplad blev hon sedan också över deras oförlikneliga framfusighet. Hade hon nu inte genast sett på dem att de med all sannolikhet borde vara helt oförmögna att ta till flykten så hade hon kunnat tro att hon var utsatt för ett rån.

– Du har händelsevis inte sålt lite mjölk och grädde nyligen? frågade Orvar kassörskan utan att egentligen förklara vad han menade med det och kassörskan kunde heller inte riktigt förstå varför hon skulle berätta för honom om vad hon hade sålt eller inte.

– Ni ser väl att det går en kö här, svarade hon uttryckslöst. Ni får ställa er i kön som alla andra.

– Kan du inte svara på en fråga! utbrast Orvar som om han kände sig lite förolämpad av kassörskans svaga intresse för deras stora sak. Mjölk och grädde?

– Det kan väl hända, svarade kassörskan kort utan att titta upp från kassan som om hon hade den under särskild uppsikt.

– När hände det?

– Lite då och då, svarade hon lite mer irriterat den här gången. Vilka är ni då om man får fråga, Bonnie och Clyde? Orvar som sitt kriminalintresse till trots ändå inte var så väldigt väl bevandrad i den amerikanska brottshistorien ryckte lätt på axlarna som för att göra sken av att han visste och rätade sedan lite på sig i ett försök att se mer myndig ut. Eller är ni ifrån polisen eller något?

– Nej inte precis, sa Orvar lite torrt och tillgjort som han trodde att man skulle i sådana situationer. Bengtsson och jag är detektiver och försöker hitta ägaren till en upphittad portmonnä.

Den unga kassörskan såg nu upp på de båda männen och kunde inte låta bli att le när hon plötsligt satte ihop det de sa med det hon faktiskt såg och också insåg det komiska i det hela.

– Jaha ja, och den här personen som ni söker ska ha köpt mjölk och grädde. Är inte det lite som att söka efter ett strå i en höstack? Nästan alla som handlar här köper mjölk och grädde.

– Och blåbärssylt, la Bengtsson till när han märkte att det hela inte ledde någon vart.

– Ja just det, sa kassörskan eftertänksamt medan hon såg ner på den lite tystlåtne mannen som tycktes ha gått av på mitten.

Allteftersom hon såg på det omaka paret vid kassan, den röda portmonnän i handen på halvlängdsmannen och den tilltagande kön av nyfikna, förväntansfulla och otåliga personer med mer eller mindre fulla inköpskorgar, började hon också minnas den lilla flickan som köpt sylt av henne tidigare under dagen. En flicka inte mycket längre än uppochnedvända Bengtsson i hans nuvarande tillstånd, fast med röd uppknäppt jacka och flätor i håret.

– Om det är den jag tror det är så köpte hon i alla fall tuggummi i automaten där, sa kassörskan medan hon lite halvhjärtat pekade mot en högst ordinär tuggummiautomat fylld med färgglada kulor och en och annan sak som förstås var helt onödig, men som kunde vara rolig att få om man var barn.

– Och vart tog hon vägen sen? frågade Orvar lite förvånad över den unga kassörskans plötsligt återvunna minne.

– Hon kan ha gått ut till höger och upp för backen, men jag vet inte säkert. Borde ni inte lämna in den till polisen som alla andra brukar göra?

– Äsch! Inte löser polisen sådana kniviga fall, sa Orvar korvar och i samma stund som han sagt det var han, uppochnedvända Bengtsson och den röda portmonnän på väg ut ur den lilla butiken och livet kunde återgå till det normala för alla de kunder som så tålmodigt väntat på sin tur att få handla.

*

När de båda männen efter en stunds resonerande inne i butiken väl befann sig ute på trottoaren igen var Orvar tvungen att stanna upp och hämta andan för att han inte skulle svimma av ansträngning. Mitt i upphetsningen av att lösa sitt första fall hade han nämligen helt glömt bort hur otränad han egentligen var och Bengtsson som inte ens var i närheten av Orvars uthållighet kunde ju inte vara gladare över att få en stunds vila.
Nu fick de också en stund till att samla sina tankar och fundera över hur de skulle gå vidare. Hur skulle de få tag på den lilla flickan? Vem var hon? Hur såg hon ut? Hon hade åtminstone flätor, ljusa sådana att döma av det lilla hår som fortfarande satt fast på hårsnodden och antagligen en röd jacka också. Det var det enda de kunde säga att de visste om henne. Men hur långt kunde hon ha hunnit innan det gick upp för henne att portmonnän var borta och hon skulle vända för att leta efter den?
Det var så många frågor att de helt enkelt inte kunde tänka ut hur de skulle börja och vart de först skulle gå. Och inte blev det på något vis bättre av att de befann

sig mitt i en korsning efter att ha gått höger som kassörskan sagt. Orvar korvar, som var lite som han var, tänkte att lika många vägar som det finns i världen, lika många möjliga vägar finns det att gå så det är bara att ta en väg och se vad som händer. Uppochnedvända Bengtsson däremot tyckte att de nog borde vara lite mer systematiska och välja den väg som var mest sannolik.

– Ibland, sa Orvar korvar, måste man bara följa sin tanke och gå dit det känns bäst. Jag tycker vi ska fortsätta över gatan och rakt fram, dit skulle nog jag ha gått om jag var på väg hem eller något.

– Om man ska följa den tanke jag har så borde vi nog gå vidare uppåt gatan, svarade Bengtsson, det var ju ändå där som portmonnän först blev funnen.

Det lät ju när allt kom omkring inte så tokigt och till och med Orvar korvar fick lov att erkänna att han i hastigheten nog inte tänkt på den lilla detaljen med portmonnän. För det var ju så det var med Orvar, att han oftare tänkte med magen än med det han borde tänka med, även om det vådliga kurrandet av hunger nu mera hade övergått i ett tystare surr av spänningen som plötsligt drabbat honom.

I den tystnad som en stund också uppstod mellan de båda männen kunde de höra måsarna som skränade på taken. Det var inte så ofta man tänkte på dem mer än att de var där, men nu kunde de nästan höra vad de tjattrade om: ”Här är jag, kom hit, stick iväg, finns det något att äta där eller, till attack!” innan de tog sats och bombarderade människorna nere på gatan med sina små skitprojektiler. Och det var också insikten om fåglarnas förmodligen planerade angrepp som till slut fick ordentlig fart på både Orvar korvar och uppochnedvända Bengtsson.

Med målet i sikte som ett par strutsar, ångade männen också iväg uppför den backe som Bengtsson hade pekat ut. Orvar med blicken rakt fram och Bengtsson blickande neråt i gatan som vanligt, båda lika ivriga att undkomma ett regn av otrevligheter från måsarna i skyn.

Efter redan ett femtiotal meter i rask takt, ramlade de över nästa ledtråd. Ett tuggummi, klart ljusrosa och stort nog att fylla en mindre kaffekopp. Tydligare än så kunde det knappast bli, även för sådana amatörer som Orvar och Bengtsson.

– Den flickan tycker nog mycket om tuggummi hon, sa Orvar korvar så snart han fått syn på den rosa tuggummibollen som var stor nog att ta upp en hel handflata.

– Det får man nog säga, svarade uppochnedvända Bengtsson, medan han lite närmare studerade det han såg. Om det är den lilla flickans tuggummi så kan hon definitivt inte vara långt borta, det verkar fortfarande vara fuktigt.

Efter att en stund ha studerat den lilla klumpen på marken plockade uppochnedvända Bengtsson också upp den och tittade lite närmare.

– Den luktar frukt! sa han sedan medan han rullade bollen lätt mellan sina fingrar. Vi ska nog fortsätta åt samma håll.

Orvar korvar som oftast förundrades över Bengtssons knivskarpa sinne för detaljer kunde inte riktigt förstå hur han kunnat komma fram till en sådan sak, men han antog att Bengtsson nog hade tänkt och det verkade bra. Samtidigt ville han inte riktigt avslöja vad det var han inte hade förstått utan valde istället att bara hänga med. Det var liksom bäst så och inget skulle vara bättre än om han faktiskt hade rätt, även om Orvar såklart skulle ha svårt för att erkänna att det inte varit han som kommit på lösningen.

Inte särskilt långt därifrån såg de mycket riktigt också en liten flicka som lite vilset irrade fram och tillbaka över stenläggningen längs trottoaren. Den uppknäppta röda lilla jackan tycktes lysa i vårsolen och de ljusa flätorna guppade självbelåtet upp och ner när hon gick.

I den stunden kunde Orvar inte hjälpa att han faktiskt beundrade Bengtsson och den inre röst han hade, som Orvar inte riktigt kunde uppnå. Dessutom var det en stor tillgång att ha en vän som uppochnedvända Bengtsson, särskilt om man ville slå sig fram som detektiv.

När de närmade sig den lilla tuggummiflickan så märkte de också att hon inte var ensam, strax bakom henne gick en yngre kvinna som hon tycktes småprata med.

Det måste vara hennes mamma! tänkte Bengtsson, snabbtänkt som han var i vissa stunder. En till synes trevlig dam som nog såg lite mer bekymrad ut än vad hon borde med tanke på att de alldeles snart skulle återfå den portmonnä som de så uppgivet verkade leta efter. Det var också just när de båda männen precis skulle presentera sig för det letande paret, som upp-ochnedvända Bengtsson insåg hur opassande det var att pillra runt med en stor tuggummiboll, särskilt som det inte var hans egen. Hastigt lade han därför tuggummit i sin ficka där det fick samsas med ett par mynt, ett kvitto från ett tidigare inköp och den röda portmonnän, som antagligen snart skulle återförenas med sin ägare. Orvar korvar däremot såg inte ens vad som hände, för han var så upptagen med att tänka på sin hittelön och den hungriga magen han återigen började känna sig lite besvärad av.

Och visst såg de letande damerna något förskräckta ut, vilket man kan förstå, då de båda minst sagt udda figurerna presenterade sig för dem mitt på trottoaren i vårsolen.

– Letar ni efter något, frågade Bengtsson försiktigt, vilket nog kunde ses som en underskattning av situationen då det var alldeles uppenbart vart deras blickar var vända. Alla hade ju inte vanligtvis, som Bengtsson, ständigt blicken ner.

– Jag tappade min portmonnä när jag skulle handla, sa den lilla flickan, med flätorna som nu tycktes sloka lite över öronen som på en vädurskanin.

– Hur såg den ut då? frågade Bengtsson samtidigt som han lite ansträngt bemödade sig med att se upp på de båda damerna.

– Som portmonnäer brukar se ut, fast röd.

Nu började flickan istället se lite fundersam ut, som om hon plötsligt anade att de båda männen verkligen visste något om den borttappade saken.

– Har ni sett någon sån?

– Som av en händelse har jag en sådan just här, svarade uppochnedvända Bengtsson, samtidigt som han fiskade upp den röda portmonnän som satt fast i en klump av tuggummi, mynt, kvitton och lite av det andra skräpet som med tiden hade samlats i hans ficka. Lite tafatt som det ofta blev när Bengtsson skulle röra sig sträckte han ändå fram den röda skatten med lite av det andra skräpet så att hon kunde se om hon kände igen den. När hon fick se portmonnän som Bengtsson höll i handen sken hennes ansikte med ens upp och flätorna tycktes resa sig igen som svansen på en glad hund.

– Den är det! sa hon med ett stort leende. Var hittade ni den?

– Lite längre ner på gatan, vi letade just efter den som kan ha tappat den där.

– Vi tänkte att man kanske kunde få hittelön, sa Orvar som mest tänkte på sin kurrande mage och hur gott det skulle vara med korv. Men uppochnedvända Bengtsson som mest tyckte att Orvar var lite väl okänslig, suckade tyst och låtsades som om han inte riktigt hört vad han sagt. Det kanske kunde räcka till en korv!

Flickans mamma tog portmonnän, rensade den från medföljande skräp, som hon gav tillbaka till Bengtsson, och tittade hastigt i den. Sedan såg hon leende på de båda männen medan hon klappade den lilla flickan i håret.

– Det är just inte mycket till pengar i den, sa mamman sedan, någon vidare hittelön borde det inte bli. Åtminstone inte så att det räcker till korv med bröd åt er båda. Men jag skulle precis grädda pannkakor så om ni har tid till det och inte är alldeles för upptagna av andra borttappade saker så kan ni få, det räcker alldeles säkert.

Om det nu var något som Orvar och Bengtsson hade gott om så var det just tid och beträffande pannkakor så var det nog så gott med korv, men nygräddade pannkakor slår nog det mesta även för Orvar. Och knappt hade uppochnedvända Bengtsson tänkt tanken på hur sugen han var på kaffe förrän mamman erbjöd dem kaffe på maten för att de så ansvarsfullt hade tagit sig an uppgiften med att återbörda hittegodset.

När de båda männen sedan leende följde de båda unga damerna gatan upp emot pannkakor och kaffe så kunde de inte hjälpa att de båda tänkte samma sak; vilken tur de hade haft, hur lyckligt lottade de båda var som hade varandra och så mycket tid över för att hitta försvunna portmonnäer och vad glad den lilla tuggummiflickan ändå borde vara över att ha en så förtjusande pannkaksmamma till mamma.

Fallet var löst och så småningom, efter lite kaffe och pannkakor, kunde de båda bekymmerslöst strosa vidare hemåt genom staden. Den ena med blicken i skyn som han brukade och den andra som vanligt med blicken ned i gatan. Två helt vanliga män, så olika varandra men ändå så väl förbundna av nyfikenheten och tanken att inga äventyr var för små för att inte utforskas närmare. Och så var det ju så att sådant man gjorde tillsammans kunde i alla avseenden vara roligare än det man tvingades göra ensam.

Och det var också början på den smått osannolika historien om hur två väldigt olika män kom att starta en detektivbyrå för olösta fall och mysterier. Ingen av dem hade kunnat räkna ut att det var så det skulle bli, men ingen av dem var heller särskilt förvånad över att det var så det blev. För det är ju så med livet, att man aldrig riktigt vet vad som kommer sedan. Plötsligt bara händer det.

Orvar korvar känner sig lite hängig

I den lilla staden som den här berättelsen utspelar sig i finns det precis som i de flesta städer, förutom en del gamla trähus som står där de alltid tycks ha stått, både stora och små hus. Små villor med trädgårdar stora nog för några bärbuskar och äppelträd, där husägarna nogsamt och förutsägbart kan ses gå med sina gräsklippare enligt givna ceremoniella lördagsmönster ända från april till slutet av september. Då en gräsklippare startar dröjer det inte särskilt länge förrän en till och sedan ännu en stämmer in i gräsklipparsymfonin till dess att en kakafoni av klipparmotorer ekar mellan tujahäckarna och staketen i villakvarteren, spridande en somrig doft av nyklippt gräs och avgaser som kan ligga kvar ända till dagen efter. I alla händelser så är det ändå något som förenar mer än förbrödrar då det för många av innevånarna är ett nödvändigt ont, som nog kunde ha fått vänta, men ändå blir gjort för att följa den gängse strömmen och inte förarga någon av de nära grannarna med att låta gräset växa. Det goda för det ändå med sig att många nog får sin kanske enda motion genom att fösa en gräsklipparmaskin framför sig, vilket nog också kunde få uppväga den vånda en del säkert känner inför detta nödvändiga onda.

Lite mer centralt i staden finns det, som det oftast brukar, flerfamiljshus med lägenheter av större eller mindre mått. I just en sådan, fast av den mindre sorten, bodde Orvar. Ett rum och ett mindre kök på tredje våningen, med en liten hall och ett badrum som det brukar vara i små lägenheter. Det fanns två fönster med utsikt mot gatan så att man tydligt kunde se vad som hände där nedanför och ibland också se vad som försiggick innanför några av de andra fönstren i huset på andra sidan gatan. Trots att lägenheten var i minsta laget, i synnerhet om man hade ett sådant intresse för samlande av allehanda ting som Orvar hade, så trivdes han ganska bra i sitt lilla krypin. Det var sparsamt möblerat med köksbord, en säng, en liten soffa, en svart läderfåtölj med armstöd i ädelträ och en bokhylla med plats för alla möjliga saker där han kunde förvara alla sina upphittade fynd.

Orvar hade nära till det mesta han kunde behöva där han bodde och han såg det mesta han behövde från fönstret i vardagsrummet. Han tyckte väl egentligen att han inte behövde se så särskilt mycket mer av världen heller, än han för närvarande gjorde då han var inomhus. Där, i sin lilla lägenhet, satt han oftast för sig själv, försjunken i sina egna tankar och trivdes också ganska bra med det. Ibland kom hans omtänksamma mamma med lite hemlagad mat åt honom om han behövde och ombesörjde lite av det allra viktigaste, såsom hyran och en del plock av onödigt som hon tyckte låg och skräpade. Annars var det för det mesta bara han, eller han och Bengtsson och det hade han väl egentligen inte så mycket emot heller.

Det mesta var ganska bra där i hans lilla krypin och det mesta skulle väl egentligen vara ganska bra om det inte också vore så att man ibland kan ha en sådan dag, då inget känns riktigt roligt och man inte har någon större lust för någonting.

En dag hade Orvar korvar just en sådan dag. En dag då dystermodet hade lagt sig som en våt filt över hela tillvaron och han helst av allt bara ville sjunka ihop till en tung, livlös hög. Fastän majsolen sken rakt in genom de två fönstren, han hade i den oansenligt lilla bostaden och torkade ut de få krukväxter han tappert försökte övervintra där, så kunde han inte förmå sig att känna någon särskild glädje över det.

Även om han oftast uppskattade våren alldeles särskilt så fanns det just då inte mycket som han tyckte var roligt eller som kunde få honom på bättre humör. Han gick mest lite förstrött omkring i sin lilla lägenhet i sina morgonkläder, tittade på de smutsiga tallrikarna som låg kringströdda på diskbänken och i diskhandfatet, bläddrade lite i en hög av tidningar men la dem prydligt tillbaka igen och satte sig allt som oftast tungt ned i sin lite slitna soffa med en suck. Det var helt enkelt inte någon bra dag för Orvar. Även om han normalt kunde känna en viss glädje över att de säsongsinflyttade skrikmåsarna riktigt hade gjort sig hemmastadda var det som om Orvar i den stunden kände precis tvärtom. Han förnärmades istället över att de släppte sina välriktade torpeder rakt mot just hans fönster, även om det i själva verket var en ren lyckträff att det var där de slog ner med ett plask.

Trots att den lilla staden formligen badade i vårsol och nygrönskande småbuskar och allt var så positivt det bara kunde med gräsklippande och nyutslagna blommor i rabatterna, så kunde Orvar inte slå ifrån sig att han var sur över något. Det var som med det mesta, hade han bestämt sig för något så var det så och just nu var han på dåligt humör helt enkelt. Inte ens Bengtsson som vanligtvis hade sådan positiv inverkan på Orvar tycktes kunna göra någon skillnad. Inte ens det faktum att han hade wienerbröd med sig när han kom. Alldeles färska ifrån bageriet. Inte sa Orvar särskilt mycket heller, mest muttrande till svar så att det var alldeles uppenbart att inte allt var som det skulle.

– Du borde verkligen rycka upp dig, sa uppochnedvända Bengtsson, när han ställde ned påsen med de varmt doftande wienerbröden han hade med sig och såg hur illa det var ställt med hans kamrat. Så här kan du väl inte gå omkring och hänga med huvudet?

Det kan du säga det som kan se glad ut fast du är sur och butter, tänkte Orvar när han såg på Bengtsson som allt som oftast hängde med huvudet ner i marken. Du ser nog bara ut att ha det roligare än du har det du.

Nu var det så att för en gångs skull kunde inte uppochnedvända Bengtsson riktigt komma på hur han skulle göra för att muntra upp sin annars så energiske vän, ingenting verkade riktigt kunna få honom på bättre humör. Inte ens om han hade lockat honom med korv som han brukade vara så förtjust i. Han visste ju att det alltid fanns en särskild plats för lite korv i Orvars mage och det var sannerligen inget han brukade tacka nej till i första taget, men hur Bengtsson än försökte var det som om han bara fick samma uttryckslösa muttranden till svar.

”Vill du följa med och… Äsch! Vi kanske kunde… jag vet inte det, ska vi inte… gör det du om du tycker det är så kul.”

Det var nästan som att sparka boll mot en vägg, bollen bara kom tillbaka utan att det någon gång blev mål. Hans tidigare så stora tankar om att göra gott och rädda människor i nöd genom att finna deras borttappade saker tycktes vara som bortblåst och kvar var bara ett blekt skal av den tidigare så energiske detektiven. Om det fanns väderkvarnar att slåss mot för varje människa så var det här definitivt Orvars, att hålla sig på rätt sida om sitt pendlande humör. Att få bukt med alla tråkiga tankar som cirkulerade och fortsätta se det positiva. Han hade i alla fall Bengtsson.

– En ny tidning kanske kan få dig på bättre humör Orvar, sa Bengtsson efter en stunds funderande.

Det var åtminstone värt ett försök att få Orvar på lite andra tankar och Bengtsson visste ju att han hade ett särskilt intresse för tidningar. Det gick nämligen inte att ta miste på hans svaghet för gamla tidningar, åtminstone om man tänkte på de meterhöga travarna av gamla nyheter som Orvar samlat på sig med tiden och som nu hopade sig i både köket, rummet och den lilla hallen som förband de olika delarna av lägenheten. Ett tidningsberg som han nu inte riktigt verkade veta var han skulle göra av.

– Det behövs inte, pustade Orvar, jag har så mycket tidningar redan. Jag kan läsa dem igen.

– Ja men är det inte lite gamla nyheter ändå, jag menar, det händer ju ändå lite nya saker då och då.

– Som vad då? Måsskit på rutan?

– Ett rån, eller mord, en kidnappning kanske. Samtidigt som han sagt det slog det honom också att det kanske inte var mer tidningar Orvar behövde, men han kunde ändå inte riktigt sätta fingret på vad det var som var fel.

– Äsch! Det gör inget om det är gammalt, det är väl ändå samma elände och tråkigheter i alla tidningar. Inte blir väl eländet bättre för att det är nytt.

– Du tycker inte att vi ska bära iväg lite av dina gamla tidningsbuntar till återvinningen då?

– Varför det! utbrast Orvar närmast förnärmad.

– Så du kan få lite ordning här hemma.

– Det är väl inget fel på den ordningen. Förresten, vem ska då kunna läsa dem? Det finns väl ingen mening i att återvinna en tidning, då har den ju inget värde för någon. Jag kan inte läsa den till exempel.

Det var liksom inte värt att försöka att få Orvar på andra tankar eller göra honom gladare just då och Bengtsson kunde heller inte annat än att hålla med om att det nog inte spelade så stor roll om en tidning var gammal eller ny, elände fanns det så väldigt gott om ändå. Det mesta var redan skrivet och läst enligt Orvar och ingen ny tidning skulle väl förändra världen, bara göra det dystra och eländiga i den ändå dystrare och eländigare. Och då det inte var värt mödan att få honom gladare precis vid det tillfället så fann sig Bengtsson i att en stund bara sitta tyst och vara där utan att störa. Det skulle väl gå över av sig självt bara man hade tålamod. Men lite bekymrade det ändå Bengtsson att tidningstravarna höll på att växa sig över huvudet på hans vän så till den grad att det snart nog bara var toaletten som inte var helt belamrad.

– Jag tog med lite kaffebröd, sa Bengtsson plötsligt, som om han just kommit ihåg att det var därför han kommit ifrån början.

Uppochnedvända Bengtsson var just en sådan sort som tyckte om kaffe särskilt mycket, så som gamla människor gärna gör. Kaffe var för honom som korv var för Orvar. Om Orvar nu hade en särskild plats för korv i sin lilla mage så hade Bengtsson detsamma för kaffe. Det spelade ingen roll hur mycket han hade ätit innan, för kaffe fanns det alltid lite rum över. Varje stund var en särskild kaffestund och just då kunde det kvitta om Orvar var på surhumör eller inte, han ville ändå ha kaffe till sina wienerbröd. Så kvickt han förmådde i sitt tillstånd tog han sig därför ut i Orvars kök för att sätta på en panna. Det skulle ändå inte vara lönt att sitta och vänta på att Orvar skulle bli på bättre humör när han nu hade alldeles färska wienerbröd som höll på att svalna i sin lite kladdiga påse.

– Var har du kaffet? ropade han från köket medan han lite förstrött skramlade med disken som låg odiskad i högar på diskbänken.

– Det är slut, ropade Orvar lite surmulet tillbaks ifrån soffan där han satt, du får koka på den gamla sumpen, det har jag gjort.

Som Orvar sagt, så gjorde Bengtsson, för i de bistraste av tider får det duga med det lilla. Och det får nog sägas här att den lite bleka drycken som borde varit kaffe nog inte var det bästa han druckit, men det kunde ändå liknas vid kaffe bara man ansträngde sig tillräckligt och när han fått doppa lite wienerbröd så var Bengtsson ändå ganska nöjd. För Orvars del så var det nog också så att hur sur han än ville vara så var det i längden svårt att motstå ett bakverk så fort Bengtsson väl började äta. Ett färskt wienerbröd kunde också få Orvar, om ännu inte helt belåten så åtminstone inte lika hungrig, att till slut lätta lite i sitt humör och också bli något mera medgörlig.

– Nu får du ta och berätta vad det är som gör dig på så dåligt humör, sa uppochnedvända Bengtsson när de suttit tysta en stund samtidigt som han torkade sina wienerbrödskladdiga fingrar på sin gråa rock. Sedan fiskade han upp en torkad rosa tuggummiklump med några avtryck ifrån mynt och lite annat skräp ur sin ficka.

– Den hade jag glömt, sa han och gav den till Orvar. Den kan du lägga i någon av dina lådor, mynten köpte jag wienerbröd för.

Orvar korvar tog med ett ansträngt litet leende emot tuggummiklumpen som hade legat nära nog en månad i Bengtssons ficka och la den omsorgsfullt i sin bokhylla i en plastlåda märkt med ”lite olika saker” vid sidan om en låda för ”sprängmedel”. Den sistnämnda lådan var tom, som tur var, men om de någon gång skulle springa över lite dynamit, så visste han ju precis var han skulle göra av den. Sådan var Orvar, det var noga med detaljerna i vissa speciella fall. Det mesta skulle katalogiseras och ordnas så att det fanns där man skulle ha det ifall man fick användning för något. Och om man visste var man hade sina saker så visste man också var man skulle leta. Vad han saknade var nog bara den där lådan som var ett ”säkert ställe”. Stället där man alltid brukade lägga allting för att man skulle minnas, men som man sedan inte hittade när man väl skulle ha det. En sådan låda skulle han absolut se till att göra plats för bara han fick tid, det var säkert det.

– Jag är så trött på att gå här för mig själv bara, sa Orvar som om han veknat lite efter att ha lagt alla de olika lådorna i sin speciella ordning i hyllan.

Jag kommer ju och hälsar på dig ganska ofta, tänkte Bengtsson. Nästan varje dag.

– Nog för att du kommer ibland, men det är det här att jag tröttnat så på att vara ungkarl, det syns väl på disken.

Nu var Orvar lite av den sorten som fortfarande ibland trodde att diska var något som gjordes av mammor och endast i undantagsfall av ensamboende ungkarlar. Och trots att ingen av dem, vare sig män eller kvinnor, väl kan ha tyckt att just diskning var någon särskilt rolig sysselsättning, så tyckte Orvar i synnerhet att han hade alldeles för mycket andra viktiga saker att göra för att spilla tid på något så tråkigt. Han kunde för övrigt inte heller lastas för att vara särskilt huslig av sig så länge det inte rörde sig om hans lite udda samling av allehanda ting, men så var Bengtsson också särskilt bra på att inte fästa så stor vikt vid om det var lite skit i hörnen. Dessutom hade han begåvats med en stor portion tålamod vilket ju kunde vara särskilt bra när man skulle umgås med sådana som Orvar. Det fick vara som det var hos Orvar, huvudsaken var ju ändå att det fanns en vän att gå till, någon som gjorde tillvaron lite ljusare, som fick saker att hända och där man kunde dricka kaffe och äta wienerbröd tillsammans utan att vara rädd för att spilla något på duken.

För Bengtsson var Orvar just en sådan vän som oftast fick livet att bli lite roligare, någon med vilken man kunde ta saker lite mera med en klackspark (hur det nu skulle vara möjligt för en person av Bengtssons natur). Och om det nu skulle vara så att Orvar för ett tag var lite butter så kunde Bengtsson vänta ut honom i vetskapen om att det nog alldeles säkert skulle gå över.

– Och inte har jag något jobb heller, sa Orvar efter ett tag medan han lite barnsligt uppgivet la armarna i kors över bröstet så att wienerbrödssmulorna trotsigt kladdade sig fast i den halvöppna morgonrocken.

– Har man bara något att göra så är det väl inget stort problem.

– Om man inte har något jobb så KAN man ju inte ha SEMESTER!

Nu var Orvar en ganska enkel person och ibland tänkte han ganska enkla tankar om saker och ting. Man kan nästan tycka att han ibland var lite väl traditionell i förhållande till verkligheten, och den här gången var det som om Orvar i sina tankar plötsligt också hade satt ihop två och två. Någonstans hade han förstått att sommaren var på väg och det betydde semester för många och i någon av sina tidningar hade han också läst att de flesta par finner varandra antingen på jobbet eller på semestern. Har man nu inget jobb så får man ingen semester och då kan man knappast hitta någon fru heller. Har man nu ingen fru överhuvudtaget så får man helt enkelt ta hand om allt hemmajobbet själv. ”För man kan ju inte ha mamma rännande omkring hemma jämt och ständigt.” Det var det som han plötsligt hade tyckt kändes så himla tråkigt och det var det som hade satt igång hela den här butterheten från början. Sedan kan man ju förstås gå på bio eller äta på restaurang eller bada eller semestra och göra andra roliga saker också bara man har någon att göra det med. (För övrigt hade han någonstans också förstått att har man jobb så har man pengar och kan göra saker den fattige inte förmår, äta korv till exempel, när och hur ofta man ville.)

Den här logiken förstod uppochnedvända Bengtsson också för det var precis så enkel Orvar var. När det kurrar i magen då vill den ha mat. Men på något sätt ville han ändå få honom att tänka på något annat en stund så han kunde slippa sina grubblerier och bli lite mer som han brukar. Det var helt enkelt dags att återuppta de gamla detektivtakterna. Det om något skulle kunna sätta fart på en surande Orvar och få honom att bli på bättre humör.

– Vi får se till att skaffa dig ett jobb, sa Bengtsson plötsligt till Orvar som nog inte riktigt förstod hur det skulle gå till.

– Vadå för jobb? sa Orvar surt och ruskade på huvudet som om det skulle vara något alldeles omöjligt.

Uppochnedvända Bengtsson drog sig också precis till minnes hur han, då han stannat vid närbutiken på hörnet för att köpa wienerbröden, hade sett ett litet anslag med en efterlysning av en bortsprungen hund. Han hade inte tänkt så mycket på det då, men nu så verkade det hela så självklart. Att det var just den typen av jobb som skulle liva upp sinnet på Orvar.

– Du har väl inte glömt detektivbyrån? Vi ska leta upp en hund.

– En hund! utbrast Orvar. Vadå för hund?

Bengtsson kunde nästan genast känna hur Orvar började få intresset tillbaka och nyfiket lyssnade till hur han berättade om närbutiken och efterlysningen av hunden och när han till slut kom till den delen som handlade om att man kunde få hittelön var det nästan så att Orvar inte kunde bärga sig längre.

Hittelön, det hade han nog läst sig till att man kunde få om man upphittade förlorade saker på allmänna platser såsom parker och trottoarer. Om det sedan var en riktigt fin hittelön för en riktigt fin sak som någons hund, så kunde det kanske till och med räcka för att ta semester.

– Okej, när går vi? sa han samtidigt som han reste sig i sin morgonrock och sina slitna tofflor. Och precis som Bengtsson hade förutspått, stod det som ett moln av damm runt honom när han, energiskt viftande med armarna, hade återfått sin pådrivande vilja att lösa ett mysterium.

Om det var något Bengtsson också hade lärt sig om Orvar så var det hur föränderlig han kunde vara, det gällde bara att trycka på rätt knappar och så fort man tryckt på PÅ-knappen så var han nära nog omöjlig att få stopp på. Det dröjde alltså inte särskilt länge förrän Orvar stod redo i hallen, även om det fortfarande var i morgonkläderna.

– Ska du gå sådär? frågade Bengtsson då han såg honom.

– Strunt detsamma, svarade Orvar snabbt, ivrig som han var över att få komma iväg.

Ja du gör som du vill du, tänkte Bengtsson glad som han ändå var över att han tycktes ha fått Orvar på bättre humör.

Lika plötsligt som en tanke uppstår, lika plötsligt hade också alla tråkiga tankar försvunnit och de båda männen var ute och rusade sin vana trogen fram längs trottoaren som vi vant oss att se dem. Orvar korvar i täten, röd i ansiktet, med andan i halsen av lust och ansträngning och med morgonrocken fladdrande i vinden bakom sig som manteln på en superhjälte. Uppochnedvända Bengtsson hasade också på strax där bakom med ögonen i marken som om han tappat något viktigt. Måsarna skränade och trafiken tjöt och tutade så att det ekade mellan husen när de båda passerade, men inget tycktes de höra i ivern att nå fram innan någon annan hunnit ta sig an fallet med den borttappade hunden.

*

Med andan i halsen banade de bägge männen sig fram genom staden, förbi grånade husväggar och trottoarer, utan att se sig för och utan en tanke på om de störde den vanliga rytmen i stadslivet. Borta var den gråmulna sinnesstämningen som plötsligt hade drabbat Orvar och borta var den oro han tidigare känt över att inte ha något arbete. Nu var de fullfjädrade detektiver igen och sådana väjde inte för några faror eller orosmoment. Utan att någon gång dra ner på farten rusade Orvar fram emot närbutiken där anslaget om den försvunna hunden hade suttit. Utan att väja för vinden eller andra hinder, uppfylld av sin nyvunna entusiasm och utan att låta sig hindras fullkomligt stormade också Orvar in i den numera bekanta närbutiken och fram emot butiksflickan i kassan. Det var hon som tidigare hade hjälpt dem med portmonnäfallet. Kassörskan, som heller inte kunde undgå att se den lite märkliga figur som nära nog drog med sig hela butiken på sin väg mot den i närheten av kassan uppsatta anslagstavlan, kunde inte låta bli att skratta lite när hon förstod vad det var som orsakade uppståndelsen.

Orvar hade verkligen inte lätt för att hålla skenet uppe, var han ivrig så var han, det gick liksom inte att dölja på något sätt. Det gick heller inte att dölja att en ställning för somriga semestervykort just hade vält och att det ungefär samtidigt kom en föreståndare för butiken rusande ut emot kassan för att se vad det var som hände.

I ett ögonblick av chefsmässigt ursinne skrek han också ut en salva om var han tyckte att sådana som Orvar hörde hemma innan han lugnade sig, reste upp vykortsstället och återgick till viktigare sysslor på sitt lite mer rofyllda snabbköpskontor.

– Vad ville gaphalsen? undrade Bengtsson då han slutligen, men i rätt ögonblick för att se föreställningen med butiksföreståndaren, hade hasat sig in i butiken.

– Jag vet inte riktigt, svarade Orvar som inte precis hade lyssnat på mannen, han kanske undrade om jag ville köpa vykort.

– Han ville nog inte ge dig ett jobb i alla fall, den saken är säker, sa Bengtsson på sitt lite buttra sätt samtidigt som han skrockande skrattade till så att ryggkröken på honom guppade.

Orvar korvar svepte med blicken över anslagstavlan som tycktes alldeles översållad av små lappar, notiser och en del större reklamblad. Fastän efterlysningen var nyligen uppsatt och satt mitt på och över en del andra anslag så var det inte förrän uppochnedvända Bengtsson lite ansträngt sträckte sig för att peka ut den, som Orvar såg lappen. Ganska tydlig när allt kom omkring.

Ibland var det så för Orvar, som om ögat bara inte ville se det uppenbara och då var det riktigt bra att ha en sådan vän som Bengtsson vid sin sida. En vän med öga för detaljer.

– Vi tar ner den, så vi kan ha den med oss, sa Orvar resolut. Det kunde förstås kännas genomtänkt med tanke på att de behövde uppgifterna för sitt fortsatta sökande. Fast vad Orvar egentligen menade var väl att han ville vara säker på att ingen annan skulle få se den, sedan vände han sig mot kassörskan med lappen.

– När sattes den här upp?

– Jag vet inte riktigt, sa kassörskan som om det var så hon alltid inledde sina samtal, men efter att ha sett efter lite mer noggrant kunde hon ändå lägga till att det nog varit på morgonen. Personen hade ju ändå visat anslaget och frågat om det var okej att sätta upp. Det som behövdes för kassörskan var bara lite extra betänketid för att komma på det de båda männen behövde veta för att komma vidare i sina spaningar. När, hur, vem, vad och varför - frågorna som var en garvad detektivs ständiga följeslagare och som man aldrig fick glömma i sanningens tjänst. Orvar var i extas.

– I morse, sa Bengtsson då de kommit ut på gatan igen. Det måste ju vara idag-i morse, då är det ju inte som om hunden har varit borta i evigheter precis.

– Det förbättrar absolut våra chanser att hitta den, eller hur? Nå vad står det på lappen då?

Med en viss möda att både tyda handstilen och se vad det stod i sitt uppochnedvända tillstånd, läste uppochnedvända Bengtsson ändå upp det som stod på lappen för en nu till överdrift ivrig och förväntansfull Orvar.

Är det någon som har sett Bosse?
En tvåårig ganska stor stövare som försvann i närheten av stadsparken.
Han är snäll, brukar lyssna när man ropar på honom,
Och han älskar korv.

– Stod det något mer på lappen? frågade Orvar utan att vidare väl kunna dölja hur upphetsad han var över sakernas ordning.

– På baksidan. Något telefonnummer bara, men det är inte så viktigt, det viktiga är att vi hittar hunden, numret kan vi ju ringa efteråt.

– Ha! Bosse! utbrast Orvar, han gillar korv han, precis som jag, det ska nog inte bli någon match att hitta den inte. Det var nog som han tänkte, att den som gillar korv tänker som Orvar och då kan det inte vara någon större sak för Orvar att finna en sådan.

– Det är bara att gå till korvkiosken då, sa Bengtsson och det tyckte båda lät ganska kul ändå.

Det var ändå något märkligt med lappen tyckte Orvar; att han hette Bosse var väl inte så konstigt och det var väl bra att han var snäll och att han lyssnade när man ropade på honom, men hur kunde man bara försvinna i en park? Det var inte Amazonas precis. Om man var en strövare som det stod på lappen var väl parken ett utmärkt ställe att vara på, var skulle man annars ströva omkring i staden. När han tänkte på det, så kanske han inte alls var försvunnen utan bara hade tagit en lite längre promenad, precis som Orvar och Bengtsson brukade göra och nu kanske hunden stod där ensam i parken. Inget konstigt med det, han hade antagligen haft en skön dag på jobbet, strövat i en park, som hundar gör, inte försvunnen precis, men nu kanske han ville hem igen. Stövare eller strövare. Ibland var det som om Orvar inte lyssnade ordentligt, eller så förstod han inte bättre, men vad spelade det för roll egentligen. En hund var väl en hund i hans ögon och en löst springande sådan utan någon människa i andra änden av ett koppel borde väl i rimlighetens namn inte kunna vara någon annan än den som hade försvunnit oavsett vad någon hade satt för namn på den. Tanken på lite lättförtjänta hittelönspengar var i alla fall tillräckligt för att hålla modet uppe på både Orvar och Bengtsson. Det var alltså inte mycket annat att fundera över för de båda männen än att sätta av i full fart igen.

– Nu gäller det att ha ordning i knoppen och huvet på skaft, sa Orvar korvar sedan han funderat över vart de skulle bege sig först. Upp med hakan nu Bengtsson så går vi, parken var det.

– Lätt för dig att säga det, muttrade uppochnedvända Bengtsson innan de båda till slut satte fart, var och en på sitt alldeles egna lite säregna sätt, längs trottoaren på den väg som närmast ledde dem till parken.

Nu tog det heller inte många meter innan de på nytt stannade upp vid ett ganska stort spår efter en troligen ganska stor hund. Uppochnedvända Bengtsson som också ganska ofrivilligt böjde sig framåt hela tiden var den som tydligast hade sett den. En ganska stor hög, lite blöt i kanterna och som inte så vidare väl smälte in i trottoarens övriga strukturer. Bengtsson konstaterade att spåret nog inte legat särskilt länge heller då inga horder av flugor hunnit sätta sig på det än och även om det inte påminde särskilt mycket om annan korv så gick det inte att missa att det fortfarande luktade en del, särskilt om man befann sig så nära härden som ju Bengtsson av naturliga skäl lite ofrivilligt tvingades till.

– Vi ska ditåt, sa Bengtsson hastigt, samtidigt som han, så högt han förmådde, pekade ut den nya riktningen med ena armen.

Orvar som i en mening hade fått upp farten och redan hade hela riktningen utstakad blev plötsligt alldeles stillastående. Det var nog mycket i Bengtssons sinne för detaljer som han inte kunde annat än beundra, men den här, för honom plötsliga iakttagelsen och slutledningsförmågan kunde han däremot inte riktigt förstå sig på. Hur kunde det vara möjligt att få så mycket information ur något så oansenligt som en enda liten hundskit? Må så vara att den var i det närmaste alldeles färsk. Eftersom Bengtsson intuitivt också förstod att Orvar hade förbisett dessa för honom så viktiga detaljerna försökte han på ett enkelt sätt förklara för honom vad han sett. Man kom inte ifrån att även de minsta saker kunde ha stor betydelse för ett sant detektivarbete.

– Som du ser så böjer hela skapelsen av lite mot slutet och får ett litet avslut där hunden så att säga har knipsat av, med andra ord i den riktningen stjärten måste ha gått.

Detta var också en av de egenskaper som i Orvars ögon gjorde Bengtsson så genial. Att han så enkelt som möjligt kunde förklara det svåra, så att Orvar verkligen kunde förstå. Och hur gärna än Orvar i sina egna deckarfantasier hade velat se sig själv som den store Sherlock Holmes i deras tveeggade samarbete, så fick han nog ändå, sanningen att säga, nöja sig med att han trots allt var mer av en Watson i sällskapet då det slutligen kom till skarpsinne för detaljer.

En annan detalj som uppochnedvända Bengtsson upptäckte på marken var en liten silverfärgad paljett eller knapp som han inte genast satte i samband med hundmysteriet utan istället gav till Orvar och sedan glömde bort. Med hundskiten i minnet och paljetten i fickan och utan att vidare fundera på om de var på rätt spår eller inte, fortsatte Orvar sedan i flygande fläng gatan upp emot den lilla stadens kanske enda park värd namnet. Tätt följd av den alltjämt flåsande Bengtsson som sin kroppsliga ytterlighet till trots ändå lyckade hålla förhållandevis jämna steg med sin omåttligt entusiastiske vän och följeslagare. Om någon mot förmodan hade sett dem där och då, hade de nog aldrig i livet kunnat föreställa sig att denne, inte så lite, koleriske man som så målmedvetet tog ut riktningen för dem båda, tidigare under dagen hade varit så trumpen.

Som det så ofta brukar vara med parker, så var det här också ett ställe dit folk rörde sig för att få lite lugn och ro och fågelkvitter. Parken i den lilla staden hade också som de flesta parker man kan se lite här och där, en del träd och buskar av olika sort; Hägg och Syrén för en tidig blomning, schersminer och kaprifoler för att fylla högsommaren med en söt fruktig doft och rhododendron för sin ständiga grönska. Vidare fanns där också lite planteringar för olika säsongsblommor, en liten damm för fågellivet men knappast för fiskar (då den frös till en enda stor isbit om vintrarna) och en hel del bänkar för människor med särskilt trötta ben. I den här, för berättelsen, alldeles särskilda parken hade våren redan tagit stora steg i de allaredan grönskande buskarna och träden, till stor glädje för både det omfattande fågellivet, som kvittrade sig fria i lövverket, och människor, som istället sökte lugnet i det gröna.

Här tyckte också Bengtsson att det kunde passa att sitta ner en stund, om inte annat så för att bättre kunna överblicka läget.

Även om Orvar i det läget hade lite svårt att sitta still så stannade han där en stund för Bengtssons skull, han ville ju inte gärna att han skulle ramla framlänges av utmattning och bli liggande där med ändan i vädret. Så vad de passerande fick se när de gick förbi dem var en lite upp och nedvänd gubbe som kippade efter andan och en aningen uppskruvad man i morgonrock och pyjamas som oroligt vred och vände på sig bredvid. Båda med ögonen uppmärksamt fästa på allt som rörde sig runt omkring.

Under tiden som de ändå satt där hann de också se mycket av det som kunde hända i en park. Några änder spatserade runt den lilla dammen och tog sig ibland ett dopp. En och annan duva kom fram till dem som om de ville undersöka om de hade något ätbart att bjuda på, men de gav också upp då inget särskilt hände på matfronten. En arg mås skränade och försökte jaga bort de andra fåglarna från parken, men lyckades inget vidare med det trots upprepade och enträgna försök att variera sina attacker.

Några äldre par passerade utan att säga något, som om just tystnaden var en dygd som värderades särskilt högt bland dem. Några personer gick skyndsamt förbi som om de använde parken som genväg till något annat och en del hundar i olika storlekar gick också förbi, men de satt allesamman tryggt fast i sina ägare genom ett koppel.

Och det var då det hände. När de hade suttit där på bänken i vad som tycktes ha varit en evighet och Orvar verkligen hade börjat fundera på om det längre var någon idé, slog det ner som en blixt från en molnfri himmel.

Det prasslade först till i det lätta ljusgröna lövverket i ett par buskar alldeles intill för att sedan röra på sig som om buskarna plötsligt hade kommit till liv, innan slutligen ett par livliga mörka ögon med tillhörande hund plötsligt dök upp ur dem. Då hunden också överrumplande fick syn på de båda männen stannade den genast till som om den chockades över vad den såg där på bänken. (Två tvivelaktiga figurer som stirrade tillbaka som om de aldrig hade sett en hund).

Orvar Korvar stelnade också till då han såg hunden och det var som om tusen tankar strömmade genom hans huvud. En nästan överdrivet stor, svart och lurvig sak såg tillbaka på honom ifrån buskarna, säkert lika överraskad över att få se dem där, och i vad som måste ha varit ganska många sekunder ägnade de båda sig åt att bara stirra på varandra. Det var verkligen en stor svart sak som med sina stora mörka ögon hade kunnat få vem som helst att tappa fattningen i sitt plötsliga uppdykande och då var det inte så konstigt att Orvar för ett ögonblick hade kommit av sig. Men det var något annat med hunden också, något han måste anstränga sig för att upptäcka och som krävde några extra andhämtningar innan han plötsligt kom på det.

– Ser du Bengtsson! utbrast han plötsligt, lite väsande för att inte hunden skulle bli skrämd och genast springa därifrån. Hunden har ett sådant där halsband, med paljetter, silverfärgade.

Det hade visserligen tagit en liten stund, men plötsligt mindes han också den lilla silverpaljetten han fått av Bengtsson tidigare och räknade ut att det nog måste vara den hunden som hade tappat den. Paljett + hund + spåret på gatan = Bosse.

Det var en ganska skön matematisk ingivelse för Orvar när allt uppenbarade sig för honom och det var också när allt stod klart för honom som han på nytt fick fart under fötterna. Kvickt som en silverfisk ilade Orvar således in i buskarna och greppade utan att tveka tag i hundens halsband varpå han med den jättelika hunden i ett stadigt tag gick tillbaka till Bengtsson som nu också hade återfått merparten av sin ork där han suttit hängande med huvudet på bänken.

– Nu så Bengtsson, nu har vi fått tag i hunden, sa Orvar triumferande, nu är det väl bara att gå tillbaka till butiken så är den här affären avklarad.

– Men är det alldeles säkert att det är rätt hund då? frågade Bengtsson lite osäkert när han såg den, med hans

mått, närmast gigantiska hunden. Det står inte precis Bosse skrivet i pälsen på den.
– Klart att det är, det ser du väl, han har ju ett sådant halsband. Sedan vände sig Orvar till hunden. Du tycker väl om korv du?
Eftersom hunden också viftade på svansen när han frågade något sådant var ju saken klar, allt var i sin ordning, hunden gillade korv och hade ett silverpaljetthalsband och var dessutom mycket gladare och vänligare än man kunnat tro då man först såg det svartlurviga monstret. Det kunde inte vara någon annan än Bosse, det kunde Bengtsson efter viss övertalning också gå med på och därför strövade de tre åter emot den lilla närbutiken där de först sett det försvunna hundenanslaget. Orvar med blicken fram, hunden med svansen i vädret och uppochnedvända Bengtsson makligt efter med ryggen krökt som en stridsmärkt svan. Dock inte med samma brådska eftersom de nu tyckte att fallet var löst och bara lite formaliteter återstod, nämligen att hitta ägaren och få sin välförtjänta hittelön.

*

När de båda männen i sällskap av en hund av större mått väl var tillbaka i den lilla närbutiken möttes de dock inte av riktigt samma glädje som de hade förväntat sig. När Orvar triumferande steg in genom butiksdörren med hunden tätt följd av Bengtsson var det som om den skrikande butiksinnehavaren redan hade förutsett att de skulle komma. Som om han haft det på känn och därför stod posterad i sin butik för att vakta den eller åtminstone vykortsstället mot liknande händelser som tidigare. Han var på sätt och vis förberedd på att detta skulle inträffa, att Orvar skulle storma in som han brukade, och i samma stund som han såg dem var det som om hans allt rödare ansikte höll på att fatta eld och explodera av all den ilska han omedelbart kände. Ett uppdämt behov att få utlopp för sin ilska, som en vulkan som samlat på sig så mycket energi att alla visste att den skulle brisera, det var bara en fråga om när.

– Han har det inte lätt han som är så arg hela tiden, tänkte Bengtsson alltmedan Orvar som inte riktigt förstod det opassande i att dra med sig en hund in i affären gick fram emot den alltjämt leende kassörskan.

– Här har ni hunden! Nu vill vi ha hittelön. Sa Orvar lite på samma sätt som om han skulle fråga efter skinka, medan den ilskna butiksföreståndaren som inte på samma sätt kunde uppskatta deras närvaro genast stormade fram till Orvar och hunden.

– Ni får inte ta med hundar in i butiken, sa han medan han ilsket darrande pekade mot dörren med sin ena arm.

– Nu förstår jag inte, sa Orvar, det här är ingen vanlig hund, det är Bosse, han tycker om korv han. Precis som det stod på lappen.

– Det skiter jag väl i, om han så skulle tycka om schwarzwaldtårta. Han får inte vara i butiken, så enkelt är det. Du får ta ut honom och vänta utanför.

Orvar såg en stund på affärsinnehavaren med en tomhet i blicken som om han inte alls kunde förstå hur han tänkte. Det var ju uppenbart hur allt hängde ihop. Om han inte förstod det så var det antingen för att han inte ville eller så var han bara dummare än Orvar kunde förstå.

– Det var här vi såg anslaget, sa han sedan och visade demonstrativt upp lappen för affärsinnehavaren. Nu går vi ingenstans förrän vi får klarhet i det här.

– Herregud! sa affärsinnehavaren med en suck (utan att för den skull vara särskilt religiös) och torkade sig i pannan med den ena handen samtidigt som han gestikulerade med den andra. Ser det ut som om det här är någon hundförmedling, vi säljer livsmedel och vi kan inte ha djur här inne i butiken.

– Är det emot lagen? Bosse kanske också vill handla.

– Nej, men det är ohygieniskt så ni får gå ut helt enkelt.

Då Orvar korvar helt enkelt vägrade gå ut fick han också efter en hel del argumenterande butiksföreståndaren att slutligen, nästan gråtande av ilska, ringa numret på lappen så att ägaren till hunden så snabbt det var möjligt fick den därifrån och livet i butiken kunde återgå till det normala. Är man bara tillräckligt enträgen så får man till slut som man vill, tycktes Orvar tänka när han också hade fått precis som han ville med den bångstyrige affärsinnehavaren och även om vi kan tycka att han är lite underhållande i sin drivna framåtanda så delar som sagt inte alla den uppfattningen. För innan Orvar hade fått det som han ville, så hade han ändå nära nog orsakat en hjärtattack hos den stackars uppretade affärsinnehavaren och kön i kassan hade också vuxit sig lång av nyfikna och väntande butikskunder, som också de till slut började tappa sitt tålamod.

Nu var ändå allt frid och fröjd, tänkte Orvar där han stod och förväntansfullt inväntade hundens ägare alltmedan livet i kassan började rulla på som det skulle igen. Bosse skulle få komma hem och kanske skulle Orvar få en slant att köpa korv för, för nog var väl en upphittad hund värd en inte så dålig hittelön. Och som det kurrade i magen på både Orvar och hunden så hade det definitivt blivit hög tid för ett ordentligt korvmål.

Men alla mynt har ju som bekant en baksida och även om allting kändes så oförskämt bra för ett ögonblick så skulle det ändå inte riktigt gå som han hade föreställt sig.

När Bosses ägare, en snofsig dam med hatt och pälskrage, till slut trippade in i högklackade stövlar och istället för att jublande av glädje rusa emot dem, bara stannade upp och såg på dem, var det ett ganska tydligt tecken på att något inte stod rätt till. Till det bör man väl säga att det var som om Bosse, hur konstigt det än kan tyckas, inte kände igen sin ägare heller. För ett ögonblick var det som om tiden hade stannat där de stod och såg på varandra, Orvar, pälskvinnan och hunden. Allting i butiken liksom vibrerade av spänning, som om världen plötsligt gått över i slowmotion innan den paranta damen slutligen slog hål på spänningen i rummet genom att i en ringande falsett utbrista.

– Det där är inte min hund!

– Vadå inte din hund, svarade Orvar som om han inte alls förstod vad hon pratade om. Han tycker om korv sa han, precis som Bosse.

– Det är i alla fall inte Bosse, det är inte en han heller utan en hon, det ser man ju. Har ni för sjutton inte läst lappen, det där är inte ens en stövare, ja jag vet inte vad det är, en liten björn kanske.

Nu skakade hela den lilla kvinnan av ilska så att pälskragen praktiskt taget hoppade upp och ner i ansiktet på henne och kliade henne i näsan. Orvar kände hur det plötsligt blev en väldigt konstig stämning i butiken och han tänkte att det nog var bäst att lämna det hela innan något allvarligare hände. Så innan de visste ordet av och innan både den lilla stampande pälskvinnan och den arga butiksinnehavaren hann brisera som en bomb inne i butiken så var de ute på gatan igen, Orvar korvar, uppochnedvända Bengtsson och hunden som inte längre hette Bosse.

Vad skulle de göra nu, nu var de tillbaka på ruta ett igen fast denna gång med en hund i släptåg. En hund som de inte längre visste vem den kunde tillhöra. Inte heller visste de längre vad den hette eller gjorde där i parken. Det enda de förstod var att den nog inte skulle må dåligt av en korv eller två.

Uppochnedvända Bengtsson som var någorlunda samvetsgrann tyckte att det nog ändå var bäst att gå tillbaka till parken där hunden hade blivit hittad för att försöka återställa lite av det de ställt till med. Orvar korvar kunde också lite skamset erkänna att det nog inte blivit riktigt som han tänkt sig, även om det ju varit ett litet äventyr i sig. Vad de ändå inte kunde räkna ut var vad de skulle göra med den när de väl var i parken igen. De kunde ju inte bara lämna den där i buskarna där den först dykt upp. Ingen av dem kunde i alla fall ta den med sig hem, det var då en sak som var säker. Orvar hade det alldeles för trångt och Bengtsson, ja han var ju som han var, hur skulle han kunna handskas med en sådan best? Det bästa vore utan tvekan om de kunde hitta en annan ägare som inte var lika avogt inställd till den jättelika hunden så att allt skulle kunna få ett lyckligare slut för alla parter.

Nu ville det sig heller inte bättre än att inte långt efter att de lämnat butiken med den ursinniga butiksinnehavaren och den gällt gapande kvinnan med pälskragen så var de tillbaka i parken där hunden först blivit funnen. Och inte långt efter att de anlänt till platsen för mysteriets inledning hörde de båda också hur någon förtvivlat ropade efter något som kunde vara en hund. Även om man alltså inte alltid får det man önskar så var det som genom en lyckans försorg som de ganska villrådiga männen till slut ändå stötte ihop med en kostymklädd man med portfölj, mobiltelefon och kaffekopp som just förlorat sin svarta hund i ett buskage i parken.

Hur det hela hade gått till och hur den lurviga hunden sprungit bort från första början gick inte riktigt att säga, men det är klart att om man är så upptagen av att hålla reda på både portfölj, kaffekopp och mobiltelefon så är det nog lätt hänt att man tappar uppsikten över en hund i en park. I synnerhet om hunden är så självrådig och orädd som denna visat sig vara.

När kostymmannen såg de båda lite lustiga figurerna komma gående med hans hund mellan sig förstod han att de hade funnit hunden och därför visste glädjen inga gränser. Han var så gränslöst lättad och glad när han såg dem och till slut återfick hunden han hade letat efter att han genast tog fram plånboken och gav dem en varsin hundralapp som tack för att de tagit hand om hunden som hette Zorro, fast det var en tjej. Och efter några förmaningar om att åtminstone ha lika god koll på hunden som på mobilen, några hastiga avsked av den stora lurviga saken och löften om att den skulle få korv som Orvar hade lovat, skildes de åt i parken med en suck och en önskan om att nu fick det vara nog med äventyr för den dagen.

Det var alltså både lite lättade, lite gladare och lite rikare som de båda männen till slut beslöt sig för att gå hem från parken den dagen. Glada i hågen som bara de som inte hade några bekymmer kunde vara och inte så lite stolta över att till slut ha lyckats skänka lite glädje till mänskligheten, spatserade de båda männen gatan fram och ingen av dem ägnade längre äventyret med Bosse, närbutiken eller pälskragen en tanke. Det var som om den nyfunna glädjen över att den svarta hunden kommit till rätta och deras detektivarbete fått lite fart helt hade skingrat tankarna på det andra. Men även om det primära målet var att gå hem, med bara ett kortare stopp vid Korv-Pelles kiosk nere vid viken för att spendera sina nyförvärvade rikedomar, så var det som om ödet ändå ville annorlunda.

Knappt hade de nämligen kommit ut ur parken förrän de händelsevis stötte ihop med den lilla tuggummiflickan och hennes pannkaksmamma. Just desamma som de tidigare hjälpt att hitta en bortsprungen portmonnä. Inte nog med det. Emellan de två gick en brunfläckig liten hund och även om Orvar och Bengtsson just hade fått lite nog av det här med hundar så kunde de inte annat än glädjas för de båda damernas skull. Både över att stöta ihop med två bekanta och så glada ansikten, men också som de så intuitivt antog, av deras ansiktsuttryck, att de båda damerna hade blivit med hund.

– Hej! Vad roligt att se er igen, sa den lilla flickan med den lilla röda jackan uppknäppt och med ett så stort leende att det fick hennes flätor att stå rakt ut. Också mamman, som Orvar tyckte var så fin på att laga pannkaka, log åt de båda tokstollarna.

– Har ni skaffat er en hund? frågade Orvar medan Bengtsson tog sig en närmare titt på fyrfotadjuret.

– Nej inte vi, sa mamman, den gick här alldeles ensam med koppel och allt och verkade inte riktigt veta vart den skulle ta vägen. Vi tänkte att om vi går här en stund så kanske vi hittar ägaren, det är en stövare tror jag.

När han hörde det så var det som om Bengtsson rätade lite extra på ryggen, åtminstone så mycket som hans kropp tillät honom att göra samtidigt som Orvar nog slogs av samma tanke som Bengtsson precis hade gjort.

– Då tror jag att jag vet, sa Orvar plötsligt och slog ut med armarna som om han just kommit på meningen med livet och allt det där. Det är Bosse!

– Bosse! sa flickan och såg oförstående på Orvar som närmast utförde en segerdans över gåtans plötsliga upplösning.

– Ja, honom har vi letat efter hela dan. Det är väl en han? Hon var så väldigt noga med att det skulle vara det.

– Ingen tvekan, svarade Bengtsson som redan hade tagit sig en ordentlig titt på den saken.

– Vi tar hand om det här, sa Orvar med den myndigaste röst han kunde uppbringa, även om han nu inte direkt såg ut att kunna ta hand om så vidare mycket utan att det istället skulle bli skrattretande. För det är väl inte det första man tänker om en man i morgonrock, att han nog är kapabel att ta tag i alla viktiga saker på ett ytterst seriöst sätt.

– Vet ni vems den här hunden är då? frågade mamman, samtidigt som hon förvånat såg än på hunden, än på männen med de lustiga kläderna.

– Det måste vara pälskragens hund, svarade Orvar numera helt säker på sin sak, den riktiga Bosse.

– Å nej! suckade Bengtsson som redan sett fram emot att komma hem. Betyder det att vi måste gå tillbaka till vrålapan i butiken?

Orvar korvar visade flickan och mamman lappen med telefonnumret och efter att ha sett den var de överens om att det nog måste vara rätt Bosse de hade med sig trots allt. Mamman kunde ringa numret som stod på lappen direkt ifrån den mobiltelefon hon av en händelse råkade ha med sig och det gjorde det hela lättare för dem alla. I synnerhet som de ju slapp träffas i en butik som inte verkade vara så förtjust i vare sig ensamma gubbar eller djur, så länge de inte låg uppstyckade i en köttdisk. Så mycket hade Orvar ändå förstått, att han nog inte hade imponerat något vidare på föreståndaren för butiken när han kommit in förra gången, och att komma in ännu en gång, med ännu en hund, det skulle nog vara förödande för den mannens hälsa. Bäst då att låta honom vila upp sig något innan åtminstone Orvar skulle besöka butiken igen.

Inte långt efter att pannkaksmamman hade ringt det nedskrivna numret kunde de också se hur kvinnan med pälskragen kom rusande fram på sina lite för höga klackar så att hatten nästan flög av i hastigheten. De kunde inte riktigt avgöra om det var för att hon fortfarande var upprörd eller om det var för att hon var så omåttligt lycklig över att lösningen på hundproblemet var nära som hon hade sådan fart. Men då hon närmade sig och såg vilka dårar det var som stod där med det som ändå verkade vara hennes hund stelnade hon först till och gav sedan till ett tjut som nära nog fick hunden att ta till flykten.

– Prschsh! Ger ni aldrig upp ni? fräste hon genast till de båda männen då hon kom fram till dem som om hon redan där var övertygad om att de hade skadat hennes lilla älskling något alldeles fruktansvärt, och hade det nu inte varit för att den lilla flickan med sina bedårande flätor så resolut gått emellan dem med hunden i koppel så är det osäkert om inte det hela hade slutat med en brottningsmatch där på gatan.

Då hon fick syn på den brunfläckiga stövaren som lite undergivet tydde sig till flickan veknade hon ändå lite och det hela övergick snart till glädje, då det ändå verkade vara rätt Bosse den här gången. När allt nu visade sig sluta så lyckligt för henne och hunden, och Orvar så envist hävdade sin rätt till en belöning för sitt idoga arbete, tog hon lite motvilligt fram en femhundring som hon gav dem. Egentligen ville hon ha växel på sedeln, men det kunde Orvar inte hjälpa henne med. Han hade inte mycket till växel överhuvudtaget. Förresten hade hon nog så det räckte till både päls och klackar tyckte han, även om han inte sa det och det var nog tur det tänkte uppochnedvända Bengtsson där han stod lite i bakgrunden för att inte oroa någon i onödan med sitt kanske lite oroväckande yttre.

Utan att orda särskilt mycket mer om något, tog hon sedan kopplet med Bosse och linkade iväg på sina lite för höga klackar så att hatten vajade som en snedseglad pappersdrake i vinddraget.

– Bosse kan nog behöva en korv, ropade han ändå till henne då hon försvann nerför gatan och hon vände sig hastigt om och log mot honom en kort stund innan hon vände sig igen och fortsatte mot sitt, som om han och Bengtsson mitt i eländet ändå hade gett henne ett oförglömligt minne som både hon och Bosse kunde skratta och glädjas åt länge efteråt.

Hittelönen kunde de dela upp mellan sig och tuggummiflickan bara de hittade någonstans att växla den stora sedeln, och på det hela taget var de därmed nöjda med dagen som den hade utvecklat sig. De hade återbördat inte mindre än två hundar på en dag, de hade stiftat några nya bekantskaper, de hade fått värdefull träning i detektivarbetets konst och inte minst hade Orvar helt glömt att han från början varit på så dåligt humör att inget hade verkat kunna få honom på några andra tankar. Mamman och flickan som också var så glada över att träffa sina gamla bekanta bjöd genast hem dem på både kaffe och våfflor med grädde, bara de hjälpte till med disken, och mycket kan man säga, tänkte Orvar om det, men våfflor är ändå bra gott. Kanske det till och med kan mäta sig med en korv med bröd, åtminstone när sällskapet överträffar allt det man annars skulle göra i sin ensamhet.

– Det börjar ju gå bra det här, sa Bengtsson då de börjat gå hem till flickorna med våfflorna och kaffet, tycker du inte vi borde sätta upp en riktig skylt nu?

– Vadå för skylt? frågade Orvar som sin vana trogen genast glömde allt annat så fort det började bli tal om mat.

– Detektivbyrån! Du ville ju ha ett jobb. Tycker du inte att vi har visat att vi klarar det nu? Detektiv är väl inte något dåligt jobb.

Ja just det, tänkte Orvar då, detektivbyrån för olösta fall och mysterier. Han sa det tyst för sig själv samtidigt som han för sin inre syn tecknade upp en lite oansenlig skylt där åtminstone inte Orvars namn lyste med sin frånvaro.

Sedan var det som om han också tänkte samma tanke som Bengtsson aldrig riktigt behövde säga. Att vad skulle man göra om man inte hade vänner som Bengtsson. Vad skulle man då få uppleva? Och att det nog var så att flickor som pannkaksmamman inte heller tyckte om att diska åt andra, utan nog var mer förtjust i män som tyckte om att hjälpa henne med att diska och hur det än var med den saken så gjorde han det aldrig så gärna som när det nu stod våfflor på menyn.

Orvar & Bengtssons
Detektivbyrå

Orvar och Bengtsson gör några festliga snedsprång

De följande veckorna, efter äventyret med hunden, for Orvar och Bengtsson fram genom den lilla staden i en väldig fart i jakt på olika uppdrag att lösa. Om fallen inte vill komma till dem får de komma till fallen, som Orvar korvar brukade uttrycka det. Obekymrad om tillvarons begränsningar rusade han därför, sin vana trogen, fram mellan sina infall med Bengtsson flåsande efter sig som en utmattad bulldogg. Överallt där han hittade någon borttappad sak försökte de med ganska dåliga resultat att spåra upp en ägare. Det kunde vara någon kvarglömd leksak i en lekpark eller en keps som flugit av någon som haft för bråttom för att stanna och plocka upp den. Deras vilja var det inget fel på - det var mera intuitionen om vad som lämpade sig i olika situationer man som vanligt kunde ifrågasätta. De hade, som en del skulle uttrycka det, inte förstånd nog att gå varligt fram i olika situationer och därför hade till exempel närköpsföreståndaren utvecklats till deras ständige fiende. För att inte tala om oförstående föräldrar till en del barn som, nog med rätta, ansåg att de lade näsan i blöt och var lite väl närgångna gentemot andras barn när de egentligen bara ville vara hjälpsamma.

Det var också alldeles i början av juni som deras intuitioner om vad en detektivbyrå borde kunna uträtta tog ett riktigt snedsprång.

Med bara några dagar kvar tills skolorna skulle stänga för sommaren och barnen skulle få lov, gjorde man i den lilla staden som man gör i många andra städer med någorlunda betydelse och självaktning; man anordnade en festival. Inte någon korvätarfestival, som Orvar kanske skulle önska, utan en helt vanlig gatufestival med gatuförsäljare av allehanda krimskrams och nyttiga och onyttiga ting, ett stort kringresande tivoli, olika typer av underhållning och en stor scen mitt på stadens torg där den stora finalen skulle äga rum och ett uppträdande av den för tiden mest kända artisten man kunnat få dit.

Förväntningarna var skyhöga både hos barnen, som såg berg av godis och obegränsat med åkattraktioner hägra framför sig, och hos de vuxna som tyckte det var mer än vanligt trevligt att träffa så mycket människor ute. För Orvar korvar var det ingen större skillnad, då han var både vuxen och lite barnslig fanns det ju så otroligt mycket att uppskatta i en stadsfestival. Man kunde som Orvar yttryckte det ”förena nytta med nöje”; gå runt och träffa folk och samtidigt vara på plats om något fall behövde lösas, eller upptäcka borttappade saker medan man proppade i sig så mycket korv, lakritsremmar och sockervadd som de sparade pengarna överhuvudtaget kunde räcka till.

– Ja, ibland får man offra sig för jobbet, sa Bengtsson om det, man får väl bara hoppas att de har vanligt kaffe och kanske någon bulle som man hade förr och inte bara något "uschislushi" i regnbågens alla färger.

Man kan säga vad man vill om uppochnedvända Bengtsson, men han var knappast en person som var överdrivet intresserad av det moderna. Lite skämtsamt skulle man också kunna säga att allt som inte var över hundra år gammalt var för modernt och inte ordentligt beprövat enligt Bengtsson. Orvar däremot hade inte lika stora krav på det konventionella så länge det inte handlade om korv förstås. På korvfronten fick det absolut inte vara frågan om något nytt och konstigt utan det skulle vara som det alltid hade varit. Det var bäst när man fick det man förväntade sig och så var det ju också godast så. Allra helst hade Bengtsson förstås flytt larmet i staden och istället satt sig i någon vik och fiskat, men Orvar stod som vanligt på sig och menade att det här var deras chans att få ett genombrott i detektivverksamheten. Och även om det inte stod i någon av Orvars gamla tidningar om någon festival eller något pågående brott som kunde lösas i samband med en sådan, så hade han ändå på känn att något kunde hända som skulle förändra mycket för deras detektivbyrå.

Dagen till ära hade Orvar slagit på stort. Han hade hittat en gammal solhatt av mexikansk modell och en grällt blommig skjorta i sin samling av gamla ting som aldrig kom till användning. Det var helt enkelt hans sätt att se på det här med att smälta in. Festival = festivalklädd. För honom var det aldrig en fråga om att inte sticka ut för mycket utan mer det bekväma i att just ta det som för närvarande fanns till hands. Och var det festival så var det. För Bengtsson var det aldrig så, han hade sin grå kavaj och hatt och det var aldrig någon skillnad. ”Om det hade funkat i hundra år”, muttrade Orvar om den saken, men det gick liksom inte att ändra på, så var det bara. Och precis som det brukade bar det också av mot stadens centrum och torg i en väldig fart. För som vi vet vid det här laget så var det så att om Orvar en gång hade fått för sig något så gick han inte att stoppa. Inte ens Bengtsson med sitt lite mer realistiska förhållningssätt kunde slå till bromsen på Orvar. Så var det bara.

– Det är inte varje dag det är så mycket människor ute, ropade Bengtsson andfått samtidigt som han försökte hålla någorlunda jämna steg med Orvar. Särskilt inte på sommaren.

Orvar som allt som oftast också höll sig en bra bit framför för att bana väg för den minst sagt mindre kapabla Bengtsson, hörde däremot ingenting av vad han ropade om där bakom. Orvar hade bara ögon för den stora festen, så det var allt bäst för Bengtsson att hänga med om de inte skulle komma ifrån varandra i folkvimlet. Och det var som ni säkert förstår ingen lätt sak för Bengtsson, som knappt såg mer än fötterna på folket runt omkring. Som tur var så var det heller inte särskilt långt till det första ståndet på marknaden, som skulle komma att uppta Orvars odelade uppmärksamhet.

Knappt hade de kommit fram till stadsfestens stora marknad förrän Orvar på sant orvarmanér fick två helt oskiljaktiga idéer. Vid ett ganska stort tältliknande stånd i kraftig röd och vit galon, tog det av naturliga skäl stopp för Orvar. Det var inte det att han begåvats med en särskild iakttagelseförmåga för ändamålet, utan mera en helt vanlig näsa för det kulinariska. Lukten som spred sig som en klibbig dimma kring tältet gick det inte heller att ta miste på; grillad korv. Det var väl också där som det hela som vanligt började urarta lite för Orvar korvar. Han ville ha korv men han ville ha den så som den alltid varit för honom.

Den omisskännliga lukten av korv som dragit honom dit var trots allt han hade önskat sig ändå inte riktigt vad han hade väntat sig. Han som helst av allt ville ha en helt vanlig korv med bröd, som är det man vanligtvis får när man säger så, blev i stället stirrad på som om han kommit från en annan planet.

En ganska stor och lite rundlagd man utrustad med förkläde och grilltång hade antagligen bestämt sig för att göra det extra svårt för personer med beslutsångest, sådana som Orvar, och stod nu och pekade med hela sin kraftiga grilltångsutrustade hand som om det var han som var kungen av korvgrillning. Detta alltmedan Orvar förstenat, gapande stirrade på det närmast oändliga utbudet av för honom korvliknande föremål.

– Vadå vanlig korv? sa korvgrillarmannen till synes oförstående och såg frågande på honom där han stod utan att riktigt kunna få fram vad han ville, säg vad du vill ha istället för att stå där och gapa som en fiskmås.

Istället för en sort, som brukar vara det enda som finns att välja på fotbollsmatcher i de lägre serierna, fanns det närmare tusen sorter att välja mellan på en lång lista över sorter och smaker som nära nog täckte ena gaveln på korvgrillartältet. Där fanns tysk korv, ungersk korv, turkisk korv, bulgarisk korv, ren korv, renkorv, lammkorv, fiskkorv, köttkorv eller inte-köttkorv, korv med vitlök, korv med peppar och hela världens alla kryddor, till och med kanel och socker. Det är verkligen ingen underdrift att säga att det nog hade varit lättare för Orvar att få en korv med senapen inuti och korven utanpå än den ”vanliga” korv han varit van vid att få så länge han kunde minnas, åtminstone i det här korvståndet.

Hur skulle han kunna välja då? Tänk om han tog den ena och det skulle visa sig att den andra var godare, eller om han tog båda och samtidigt var sugen på en tredje eller fjärde också. Måste han då komma tillbaka och smaka alla sorterna vid olika tillfällen? Eller fanns det möjligtvis något som kunde ge allt på en gång, en sorts helhetslösning för den rådville?

Fick man prova? Nej! Man fick inte prova utan helt enkelt bestämma sig och prova efter att man betalt. Såklart att det var ett upphov till konflikt, åtminstone i huvudet på Orvar.

Korvgrillarkungen som, efter vad som kändes som en ganska lång stund, började tappa tålamodet med Orvars svårigheter att välja, drämde till slut hela sin kraftiga korvgrillarnäve i disken och krävde att han skulle bestämma sig någon gång. Som han såg det skulle väl hela festivalen hinna ta slut och det utan att han fått sälja en enda av sina märkliga korvar så länge Orvar stod där och upptog hans dyrbara tid.

– Nu får du väl åtminstone ta och bestämma dig om du vill ha någon korv överhuvudtaget, sa korvgrillarkungen till slut lite uppgivet och irriterat när hans tålamod redan för länge sedan hade runnit över.

Det faktum att korvgrillarens tid med Orvar som kund var över kunde inte tydligare understrykas. Att sedan kön av korvsugna som han var mer angelägen att betjäna också växte sig allt längre medan Orvar i sin lite överdrivna beslutsångest uppehöll honom, var lite mer än han för tillfället orkade med. Det hindrade för den skull inte Orvar att stå på sig, när han nu hade bestämt sig för en sak. Det konventionella var ju det vanliga och det vanliga var åtminstone bekant och om det var något Orvar ville i den här världen så var det att göra saker han kände igen. Inget konstigt eller obekant, inget lyxigt eller överdrivet. Bara det vanligt vanliga så som det alltid hade varit, det som borde vara det lättaste att åstadkomma och därför inte borde utgöra något hinder för någon vettig människa enligt Orvar.

– Jag vill ju för sjutton bara ha en kokt korv med bröd har jag ju sagt! utbrast Orvar inte så lite irriterad över att inte hitta något på korvgrillarmannens skylt som verkade tilltala honom. Det kan väl inte vara så svårt.

Eller kan du inte koka en korv, inte ens en av alla miljoner korvar du verkar ha här på din löjliga korvlista?

– Ser det ut som om vi kokar korv här, det är en grill, du kan väl läsa på skylten.

– Jag vill inte ha någon sådan där skitkorv fattar du väl, vad är det som är så omöjligt med att få något vanligt i den här världen?

Och så slutade det som det ofta gör när två män utan tålamod men med ett ovanligt hetsigt humör vägrade ge sig.

De stod båda och gapade åt varandra till dess att en stor ring av tillströmmande åskådare hade samlats kring dem. Orvar ville absolut ha sin speciella korv samtidigt som korvgrillarkungen bestämt vägrade göra den åt honom. Till slut bestämde sig ändå Orvar för att nog inget skulle hända såvida han inte tog saken i egna händer. Så med all den uppbådade kraft och vilja han för tillfället ägde stormade han resolut in i korvgrillartältet så att både galontält och hela sortimentet var nära att dråsa i marken. Om bara viljan är stor kan man uträtta underverk, tänkte Orvar medan han själv började rota bland korvmannens saker samtidigt som han utförde en akrobatisk fäktningsmanöver för att så långt det var möjligt hålla en livsfarligt vinande korvgrillartång ifrån sig.

Bengtsson som genast insåg vad det var som höll på att hända kände sig, även om hans intresse för korv inte var lika djupt rotad som hos Orvar, tvungen att ingripa för att inte situationen skulle bli ännu värre än den redan var. Med alla de krafter han av nöden kunde uppbringa försökte han därför att hålla de båda männen ifrån varandra, åtminstone tills de hade lugnat ner sig tillräckligt för att vara någorlunda resonabla.

Alltmedan Orvar, okänslig som han var, rotade runt bland korvtältets sortiment tryckte Bengtsson hela sin lilla kropp emot korvmannens för att förhindra att han blev våldsammare än han rimligtvis redan var. I tumultet som uppstod medan Bengtsson gjorde allt han kunde för att hålla fast den vilt viftande korvmannen var de nära att helt rasera grilltältets inredning, välta ett kylskåp för kylda drycker, sätta eld på en papperskorg och dra till sig både polis och brandkår. Hur det än var så lyckades Orvar mitt i oredan ändå slänga en kryddig argentinsk korvfläta på tältets grillbord och sedan dränka den i vad han i hastigheten kunde hitta. En halvt urdrucken flaska mineralvatten med citrussmak. Allt till publikhavets både muntra och lite mindre muntra tillrop.

Nu är i alla fall den stekta korven kokt, tänkte Orvar innan han täckte den nylagade rätten på ett lite sladdrigt fat av papper med bröd och senap, lade en tjugokronorssedel på disken och lika hastigt som han kommit lämnade tältet, Bengtsson och den minst sagt ursinniga korvgrillarkungen bakom sig.

Han hade till slut fått vad han ville och korvgrillaren hade fått sina pengar, nu var det väl bara för Bengtsson att ta sig därifrån också, men så klurig som han var borde det inte vara något större problem. Ingen människa i världen kunde väl vilja en sådan älskvärd person som uppochnedvända Bengtsson något ont, inte ens en sådan fullständig galning som korvgrillarkungen i sitt rödvita korvparadis.

Sedan gick det som det brukar med det mesta som Orvar tog sig för. Folkmassan som hade samlats kring grilltältet för att se på det tilltagande spektaklet började, så snart Orvar också försvunnit ut därifrån, att skingras innan lagens riktiga väktare, polisen, möjligen skulle dyka upp för att avstyra något eventuellt bråk kring marknadsplatsen.

Runt omkring Orvar blev det plötsligt också väldigt trångt, som det brukar på festivaler och inte mycket mer behövdes heller än en lätt liten knuff från någon oskyldig förbipasserande för att frukten av alla hans ansträngningar, korven, till slut skulle ligga där på gatan med senapen neråt.

– Lätt fånget, lätt förgånget, som Bengtsson nog lite buttert skulle uttrycka det. Men inget var heller så retligt som att om smörgåsen prompt måste ramla ner i pottan så var det då säkert alltid med smöret neråt.

Med det hade Orvar också fått nog av festivalande för en dag. Så snart han lyckats återförenas med en minst sagt medtagen Bengtsson fick det också vara nog av ståhej och istället begav sig de båda slagskämparna hemåt, fast i betydligt lugnare tempo än tidigare. Det hade varit en synnerligen händelserik eftermiddag för de båda männen. Orvar hade tappat sitt tålamod, vilket ju inte var så ovanligt och nära nog rivit ett korvstånd på marknaden. Bengtsson hade med all sin tapperhet gjort vad han kunnat för att skydda både sig själv och sin kamrat i vad som skulle kunna liknas vid en riktig batalj. Trots det hade de båda sluppit undan med livet i behåll och allt hade lite snöpligt slutat med att hela det efterlängtade korvpaketet hade legat som en blöt hög på gatan. För övrigt inte helt olik den hög de tidigare sett en hund lämna efter sig.

Om Orvar kunde man inte säga annat än att han hade ett hett temperament och lätt för att hetsa upp sig, men det gick också lika fort över och då var också allt glömt och förlåtet. Hans humör hade kommit och gått och ingen hade ens kunnat säga att det från början varit där. Det var också något som Bengtsson uppskattade hos Orvar. Att hur överhuvudstupa tokigt det än kunde bli med Orvar så varade det sällan särskilt länge. Hade man bara tålamod så gick det till slut över och Orvar var sällan långsur över någonting, tyvärr stämde det inte riktigt in på alla andra de mötte på sina lite dåraktiga äventyr. Uppochnedvända Bengtsson hade i alla fall imponerat på Orvar med sin handlingskraft och det var uppenbart att han var en god vän som ställde upp i alla lägen. Det var i alla fall något som inte alla människor delade och han var sannerligen lyckligt lottad som hade en vän som Bengtsson. Alla behöver nämligen någon som säger ja till saker hur galet det än kan verka, annars skulle kanske ingenting bli gjort.

Bengtsson tyckte också det var fint, för med Orvar hade man aldrig riktigt tråkigt och redan dagen därpå bestämdes det att de skulle göra ett nytt försök att gå på stadsfest innan allt skulle vara över för den här gången.

*

Dagen efter den dråpliga korvincidenten var det så dags för stadsfestivalens stora final. I den lilla staden hade man, som i många andra små städer, tänkt att det nu skulle bjudas till ordentligt. Sista dagen skulle allt vara mer, större och om möjligt betydelsefullare än allt annat. Det hade inte sparats på något. Knallarna på torget skulle vara fler och större, tivolit skulle hålla öppet längre så att både barnen och föräldrarna skulle vara mer barskrapade innan de gick hem än någon annan dag. Det skulle hållas fler tal och fler skulle få gåvor och stipendier av staden än dagen innan. Underhållningen skulle vara både omfattande och oförglömlig och doften av olika sorters internationell matlagning skulle ligga tung över stadens alla delar hela den dagen. Man hade med andra ord verkligen tänkt placera den lilla stadens festival på kartan och med ett fyrverkeri som kunde få vem som helst att tänka på första världskrigets skyttegravskrevader, skulle det slutligen sättas punkt för våren, och sommaren kunde äntligen ta sin början i stor stil.

Som vanligt hade stadens invånare höga förväntningar på dagen och som vanligt hade vädret tänkt precis tvärtom. Istället för en solig och varm försommardag som man kunde önska, formligen hällde regnet ner från skyn, som små strålar till synes utan slut. De mörka molnen som bar upp allt det blöta täckte himlen så långt man kunde se och alla tankar om en vacker dag med shorts och solsken tycktes lika bortblåsta som solparasollen på uteserveringarna.

Allt var blött; människorna som trotsade vädret för festivalen var blöta ända in på kroppen och om inte barnvagnarna varit täckta skulle barnen efter inte särskilt lång stund ute i det blöta säkert kunna simma omkring i dem som i små badbaljor.

Fåglarna burrade kulet upp sig i enstaka träd och buskar som också de formligen dröp av ansamlade regndroppar. Uteserveringarna gapade olyckligtvis tomma på feststämning och de andra festivalstånden, liksom korvkungens grilltält, var alla genomsura av regnet. På gatorna rann små floder av regnvatten som inte riktigt verkade veta vart det skulle ta vägen och hela området kring den stora scenen på torget hade under natten och förmiddagen förvandlats till en mindre sjö. Här hade festen kunnat vara slut för Orvars och Bengtssons del, men vi som har lärt känna Orvar vet ju vid det här laget att om det är något han inte är särskilt rädd för så är det att blöta ned sig. Vilket ju var tur när omständigheterna var som de var.

Den mexikanska hatten som Orvar hade valt som ett särskilt festligt attribut hade också en viss regnskyddande effekt, men med den nackdelen att om man böjde sig eller rörde sig hastigt åt någon sida så kunde fördämningen av vatten som oavsiktligt samlats i brättet rinna ner på några oskyldigt passerande barn eller andra småväxta. Även om det nu inte skulle vara avsiktligt från Orvars sida så fick det ändå den för vädret avsedda effekten att barnet fick sig en mindre dusch, skrek till av både förvåning och obehag, och att någon förälder därefter blev ursinnig och spydde krevader av oförskämdheter över idioten i hatten. Det problemet hade inte Bengtsson då hans huvud ju var lägre än de flesta barn. Däremot hade han andra svårigheter, nämligen att hålla det lilla håret han nu hade kvar på huvudet torrt, då vattnet hela tiden rann ner i hatten på honom.

En ansenlig mängd människor hade ändå trotsat vädrets makter och gett sig ut i det osannolika folkvimlet. För är det nu bara en gång det händer något i den lilla staden så är det inte gärna något som går för sig att missa heller, inte ens för Orvar och Bengtsson. För dem verkade det som om alla som bodde i den lilla staden tycktes vilja uppleva det stora spektaklet. Trots vädret var det i det närmaste sprängfyllt av människor längs gatorna kring torget och det var ett stort jobb att bara ta sig framåt. Men det fanns en anledning, en stor sådan. Årets verkliga dragplåster, den sockersöta idolen med det perfekta, kritvita leendet, som vunnit en av de stora musiktävlingarna, skulle spela flera av sina största och mest kända låtar på torgets stora scen. Sedan skulle han traditionsenligt avsluta det hela med att dra igång fyrverkeriskådespelet över staden genom att trycka på en stor knapp mitt på scenen. Vad skulle väl överhuvudtaget kunna gå fel med en sådan satsning, annat än möjligtvis vädret? Eller kanske två, mer eller mindre kända och för tillfället lite malplacerade män utan egentliga avsikter att sabotera något för någon.

Den stora föreställningen skulle äga rum sent på eftermiddagen, innan det blev kväll på riktigt, för sedan skulle pubarna och restaurangerna ta över festen så att barnen kunde gå hem och de vuxna istället kunde få börja bete sig lite barnsligt.

Alla som för tillfället var någorlunda intresserade av idolens framträdande hade också samlats i och kring vattenansamlingen framför scenen. Korvgrillare, hundar, barn, en del för staden mer eller mindre betydelsefulla personer och andra bara vanligt vanliga vuxna. Några särskilt inbjudna prominenta gäster hade också kommit dit och så förstås Orvar korvar och uppochnedvända Bengtsson som istället valde att se det hela från lite håll. Ingen av dem var egentligen särskilt intresserad av att trängas och för Bengtsson var det förstås extra problematiskt då han antagligen inte skulle få se så värst mycket mer än fötter och en ovanligt stor pöl med vatten. För Bengtsson var det intressant nog bara att se om det ihållande regnet helt skulle sätta stopp för det förväntade fyrverkeriet och om inte hela scenen istället skulle flyta iväg i regnfloden som en Noaks ark med fyrverkerier, musiker, idoler och allt. Lyckligtvis skulle det nog krävas mer än så för att orsaka en sådan syndaflod, men så är ju inte allt upp till regnet heller.

I en så stor ansamling av människor vore det konstigt om det inte trampades på varandra eller knuffades en del och det var väl heller inte den bästa platsen för en sådan hetsporre som Orvar att befinna sig vid. Men i den allmänna förvirringen som kan uppstå i stora folkmassor är det också lätt hänt att människor kommer ifrån varandra eller tappar bort några av sina ägodelar och då är det förstås bra att ha en detektivbyrå på plats, för inget kunde väl ersätta skarpsinnet hos ett par rutinerade detektiver om någon behöver hjälp med att hitta något man förlorat. Det kunde vara bra att vara på plats, tänkte Orvar, ifall något skulle hända och bara det faktum att Orvar och Bengtsson var där borde väl kunna garantera att åtminstone något skulle kunna hända, som skulle göra den här kvällen lite mer än minnesvärd för flera av de besökande.

Nu behövdes det heller inte mycket mer än att föreställningen skulle hinna börja och hela folkvimlet bilda en ogenomtränglig mur för att Orvar med ens skulle tappa intresset för det som hände på scenen och istället rikta sin uppmärksamhet åt ett helt annat håll.

Inte särskilt långt ifrån scenen eller den plats där de stod var festivalens i särklass största godisstånd. Med ett utbud som var i det närmaste obscent var det lika med omöjligt för Orvar att hålla ögonen därifrån.

Hemgjorda kolor, polkagrisar, frukt-, lakrits- och chokladpraliner som kunde få det att vattnas i munnen på vem som helst som gick förbi och mitt i allt det goda låg det inbjudande godisremmar i alla tänkbara färger och smaker. Det var lakrits och kola och hallon och blåbär i en vild blandning av smaker där bara fantasin tycktes kunna sätta gränser. Allt inramat av smycken och banderoller som alltsamman gick att äta och som kunde få alla som tyckte om godis att börja göra piruetter i ren lycka. Något som också var särskilt oemotståndligt och som Orvar hade fått upp ögonen för var, åtminstone som det tycktes, världens största tuggummiautomat. Som en knallröd rymdraket stod den där, fylld med tuggummikulor i regnbågens alla färger, redo för uppskjutning och ingen normal människa kunde väl låta bli att lockas av en sådan syn. I alla fall inte Orvar. Lika säkert som att han vid det här laget redan hade glömt händelsen med korvgrillarkungen, lika säkert hade han nu fått en ny tanke som han inte på något vis kunde skiljas från. Lika raskt som hans ben bar honom drog han därför också med sig Bengtsson i riktning mot tuggummiraketen. Det var helt enkelt mer än man kunde missa för att man istället stod och stirrade ner i en enorm vattenpöl bland en massa vilt hoppande människor.

– Kom igen nu Bengtsson. sa Orvar uppfodrande för att få honom att sätta lite fart på stegen och kanske glömma att han nog tänkt hålla sig lite mer i bakgrunden den här gången.

– Det är väl inte korv nu igen? pustade Bengtsson fram lite ansträngt alltmedan han försökte hålla jämna steg med Orvar.

– Nejdå, men det här är inte en syn man ser varje dag. Häng bara med nu Bengtsson så ska du få se.

Nu var det inte så att han inte ville följa med Orvar på vad det nu var han hade i görningen. Det var bara det att med den erfarenhet Bengtsson hade, åtminstone från dagen innan, så visste han att närhelst Orvar fick den där energiska lusten så skulle vad som helst kunna hända. Om detta nu skulle vara ett sådant tillfälle så ville han åtminstone inte agera vapensköld i ännu en korvincident. Det var då säkert det. Orvar kunde få slåss mot sina korvdemoner hur mycket han ville men till det hade Bengtssons ork tagit slut för ett bra tag framöver. Trots att han alltså hade tänkt hålla sig borta från Orvars tokigheter så följde han lite motvilligt med, man behövde ju inte ge sig in i stridigheter om man inte var absolut tvungen till det. Och hur det än var så kunde han inte dölja att han samtidigt var lite nyfiken på vad Orvar kunde ha hittat på. Därför var det också lite nedslående när han väl såg vad det var som var så enastående märkvärdigt för Orvar denna gång.

– Tuggummi! muttrade Bengtsson uppgivet när han till slut fick syn på den gigantiska tuggummimaskinen, när började DU intressera dig så för tuggummi?

– Inte jag, men jag fick en idé. sa Orvar medan han envist drog Bengtsson efter sig som en något motstridig hund som inte på något vis ville gå efter honom i koppel.

Det var bara för bra för att vara sant. Så mycket tuggummi som det fanns där kunde man antagligen inte köpa någon annanstans i världen och han kände minsann EN som tyckte mycket om tuggummi: Pannkaksmammans lilla tuggummiflicka. Idén hade ögonblickligen vuxit i honom om en stor presentpåse till tuggummiflickan. Så fort han sett maskinen såg han också framför sig hur han skulle kunna ge henne en stor påse med så mycket tuggummi man nödvändigtvis skulle kunna tugga i sig på en sommar och när Orvar väl fått en sådan tanke gick han i vanlig ordning knappt att få stopp på.

Med den välkända artisten med det perfekta leendet, kvidande sina, oh la la, yeah och baby baby i bakgrunden tog sig Orvar beslutsamt an den monstruösa maskinen med färgglada tuggummin. Mynt efter mynt matade han in i den tills dess att tuggummina helt fyllde hans båda fickor. Någon skulle i alla fall bli ordentligt glad, det var han helt säker på.

Först när mynten var nästan slut och inget mera rum fanns i hans fickor kunde de båda männen till slut återuppta sina iakttagelser kring festivalområdet och det var också då som det hela tog en ny vända med förskräckelser.

Det var då som Orvar, som ju inte haft ögon för något annat än tuggummi under en ganska lång stund, också såg vad Bengtsson som lyft blicken en aning redan för länge sedan hade upptäckt.

Bredvid den gigantiska tuggummiraketen stod en liten pojke. Inte mycket äldre än tuggummiflickan, fast med lite tuffa jeans och en helknäppt grön sommarregnjacka. Som det föreföll, både vilsen, ledsen och alldeles övergiven och inte minst var han så genomblöt att det inte längre gick att skilja på vad som var regn och vad som var tårar. Hela tiden hade han stått där i det hällande regnet bredvid den stora tuggummimaskinen utan att den numera till vardags lite självupptagne Orvar hade märkt honom, och hela tiden hade han varit lika ledsen och borttappad som då de båda männen slutligen gjorde upptäckten.

– Varför står du här alldeles ensam? frågade Bengtsson den lille pojken som lite osäkert såg på Bengtsson mellan snyftningarna som om han inte visste om det var bra eller sämre för honom att just en sådan konstig gubbe stod och pratade med honom.

– Jag kan inte hitta min mamma, svarade pojken efter att han svalt de värsta snyftningarna och harklat gråten ur halsen.

– Vilken tur att vi hittade dig då, utbrast Orvar så uppspelt att pojken nästan ramlade baklänges. Vi är nämligen fenomenala på att hitta borttappade saker vi. Han tänkte genast på detektivbyrån och att det var just sådana fall de hade specialiserat sig på. Borttappade saker, hundar och barn. Det var väl en enfaldig tur, tänkte han, att pojken blev funnen av just dem.

Orvar såg på pojken en stund medan han försökte komma underfund om hur allt kunnat gå till, sedan på folksamlingen, sedan på pojken igen och efter det gick allting ganska fort som det oftast brukar med Orvar.

– Vi, alltså jag och den här gubben, Bengtsson, vi hittar allt möjligt som är borttappat, hundar, saker eller mammor, vad som helst. Var såg du henne senast? Din mamma alltså.

– Jag vet inte, sa pojken fortfarande snyftande, samtidigt som han betraktande de båda männen som om han inte säkert kunde veta om de gick att lita på.

– Vi måste ha ett signalement, sa Bengtsson uppfodrande och i en lite myndigare ton, hur ser hon ut din mamma?

– Som en mamma, sa pojken kort, medan han såg på männen som om de faktiskt började roa honom en aning.

– Ja ja, sa Orvar lite uppgivet, men är hon stor eller liten, lång eller kort, har hon ljust eller mörkt hår, kort eller långt, rakt eller krulligt, vad har hon för kläder?

– Regnkläder, gula, och så har hon rött hår med sådana här lockar.

Pojken som i deras ögon inte kunde beskyllas för att ha allt för stor rutin i att ge signalement försökte ändå, så gott han nu kunde, att både visa och beskriva hur mamman såg ut och Bengtsson gjorde också, utan att för den skull avslöja någon större konstnärlig ådra, sitt bästa för att teckna en fantombild på en gammal blöt papperslapp han hade haft liggandes i fickan. Detta alltmedan Orvar otåligt kippade efter andan av upphetsningen över att de nu var ett fall på spåren. Det var därmed ingen tvekan om att Orvar och Bengtsson också njöt lite av att vara tillbaka på banan, den bana av detektivarbete de båda slagit in på redan tidigare under försommaren och som tveklöst skulle komma att förändra hela resten av den sommaren för dem båda. Varken regn eller sol spelade längre någon roll när spänningen väl satte in.

– Ser hon ut så här? sa Bengtsson, sedan han ritat färdigt och visade lappen med den lite nödtorftigt nedtecknade figuren för pojken.

– Inte riktigt, sa pojken lite roat, men utan att direkt vilja kritisera Bengtssons bristande kunskaper i porträtteckning, jag tror hon har glasögon också.

Bengtsson avslutade med att hastigt rita dit ett par glasögon och sedan bar det av på mammajakt. Pojken kände sig därmed lite mindre ledsen över att behöva stå ensam i regnet och lite mera nöjd med att någon ville hjälpa honom tillrätta. Orvar kunde också lyckligt konstatera att Bengtsson nog hade ganska klart för sig hur ett gediget spaningsarbete skulle gå till och att de nu hade något verkligt viktigt att ta itu med.

Med den oansenliga teckningen i ena handen och pojken i den andra gick de sedan från den ena personen till den andra på festivalen, visade fantombilden och frågade om de hade sett någon sådan mamma någonstans. Det muntrade upp pojken en aning att han fick vara med detektiverna i deras jakt på mamman och det var, utan att direkt överdriva, till en viss munterhet för alla de som utsattes för dem också. När de inte såg så skrattade man till och med åt de båda männen. Inte bara för deras barnsliga teckning utan också över deras allmänna och lite överdrivna iver att lösa något så trivialt som en mamma, som alldeles säkert på egen hand skulle ha hittat sin son om han bara fått stå kvar där han stod när de fann honom. Med andra ord så ansåg de flesta att de nog bara förvärrat situationen och borde gå tillbaka till där de hittat pojken, men så tänkte vare sig Orvar eller Bengtsson. För hade man tagit sig an ett sådant fall så skulle det också lösas på ett eller annat sätt. Ja hade man tagit Fan i båten så fick man helt enkelt ro honom i land. Det var väl därför man hade detektiver. För att svårigheter skulle lösas.

Nu var det också så att om det uppstod särskilda svårigheter som man inte kunde lösa den vanliga vägen fick man ta till andra metoder och när det nu gällde så viktiga saker som ett bortsprunget barn (eller mamma) kunde man heller inte spara på krutet. Det fick bli stora artilleriet för Orvar och hans trogna följeslagare.

Medan den sockersöta idolen rutinerat drog till med sitt största leende inför den stora hitlåten som alla hade väntat på, drog också Orvar med sig den vilsna pojken genom publikhavet i riktning mot scenen. Målmedvetet kryssande genom folk och vatten banade de sig väg mot sidan av den stora scenen, tätt följda av Bengtsson och en och annan irriterad medföljare ur publiken. Utan att en gång tänka på vilka följder ett sådant tilltag kunde få och utan att direkt hindras av några vakter eller andra lyckades han också, till festivalfirarnas stora förtret, tillsammans med Bengtsson och den lilla pojken äntra den väldiga scenen. Ingen kunde väl heller beskyllas för att låta det ske, till det var det hela allt för otänkbart. Att en sådan osannolik person som Orvar skulle få för sig att gå upp på den scen, som alla för närvarande hade blickarna emot, var helt enkelt för mycket för att kunna tas in och därför var det heller ingen som tänkte tanken att det överhuvudtaget skulle kunna hända. Det hela var ett ögonblicksverk och precis som man kunde förvänta sig av Orvar om man någorlunda kände honom, så gick han också raka vägen fram till idolen i mitten och slet åt sig mikrofonen så att artisten för ett ögonblick tappade balansen och nästan föll av scenen. Idolens tidigare så förtrollande leende förvandlades på ett ögonblick till ett stort förvånat gap och bland orkestern och publiken spreds en bedövande tystnad som om ingen riktigt visste vad de skulle tro. Några trodde kanske att det var en del i showen medan andra bara inte visste vad de skulle säga om det de såg. När den första förlamningen till slut ändå hade släppt så började publiken också lite osäkert att skruva på sig. Några började också muttra lite oförskämt om att våra numera välbekanta detektiver förstörde hela stämningen och liknande tillmälen.

– Ta bort de där dårarna! var det till slut någon som samtidigt irriterat och lite uppgivet ropade från publikhavet.

– Vilka tror ni att ni är? Simon and Garfunkel! ropade en annan genom den lite susande tystnaden i massan av människor.

– Är det Simon och Garfunkel? Hördes ännu en röst alldeles därefter, som om den inte riktigt uppfattat ironin i den föregående.

– Stick hem till dårhuset, eller djurparken eller var ni hör hemma era galna cirkusapor! var det också någon som uppenbart irriterat ropade ut i tystnaden och det var något som till slut ändå satte igång sorlet i den allt otåligare publiken.

Skam den som ger sig, tänkte ändå Orvar där han stod, för hade han nu tagit sig ända dit så kunde han inte bara gå igen. Det hade inte varit världens enklaste sak att ta sig upp på scenen till att börja med och för övrigt var det inte varje dag man stod på en scen överhuvudtaget. Det var helt enkelt ett infall som tagit honom dit och nu gällde det att smida medan man var där. Det var så han såg det även om inte den övervägande delen av publiken direkt delade hans uppfattning. Han hade ju pojken med sig och den som var hans mamma borde ju rimligtvis finnas någonstans i publiken eller åtminstone i närheten. Det som borde göras, borde sannolikt också göras av någon och i det här fallet var det att ropa ut att pojken saknar sin mamma. Enklare kunde det knappast bli. Om det nu inte var så att det plötsliga uppvaknandet och den plötsliga insikten om att det faktiskt stod människor och såg på personen med mikrofonen, drabbade Orvar med både scenskräck och tunghäfta.

Så böljade livet fram och tillbaka för Orvar, ena stunden var allting lätt och enkelt och i nästa var det mesta istället tungt och besvärligt. I det som kändes som timmar, men i verkligheten bara var sekunder, stod han därför som förstenad mitt på scenen och tryckte mikrofonen allt hårdare i sin hand medan han hann tänka tusen tankar om vad, hur och varför han skulle säga något. Han hann också se på både idolen, Bengtsson, pojken och en hel stab av scenpersonal, som alla tycktes befinna sig i samma sorts trans som han själv, innan han lyckades återfå lite av fattningen och med en viss tvekan förde mikrofonen till munnen. Men det var inte med någon flödande säkerhet som orden till en början rann ur honom. Mer som harklingar och ofrivilligt stammande viskningar som inte på något vis bringade någon klarhet till de som försökte höra vad han sa.

– Är det någon som känner igen den här pojken? fick han till slut ändå ur sig där han darrande och delvis blundande stod med mikrofonen i ett krampaktigt grepp i handen. Han upphittades i närheten av en skitstor tuggummiapparat och nu saknas det alltså en mamma. Om någon känner pojken…

Mer än så hann han inte säga innan en förtvivlad men samtidigt glädjefylld röst steg över alla andra i den allt mer oroliga publiken.

– BOSSE!

– Mamma! Utbrast pojken också samtidigt som han rusade fram till kanten av scenen så att bara några högtalare, ett kravallstaket och ett litet dike skilde honom från publiken nedanför.

En lite rödhårig, lockig kvinna i gul regnrock och glasögon kom också emot dem viftande med båda armarna och tycktes i ett slag dela publikhavet, som Moses delade på Röda havet, när hon både lättad och inte så lite glad formligen rusade fram mot scenen.

– Bosse! sa Orvar förvånat och såg på pojken som de precis räddat från att vara övergiven. Heter du Bosse du? Jag känner en annan Bosse jag, han är hund och gillar korv precis som jag. Det gör kanske inte du, men du gillar förstås tuggummi, eller hur?

Pojken nickade och Orvar hann plocka upp ett par av sina färgglada och numera våta och lite kladdiga tuggummin ur fickan och gav dem till pojken innan den verkliga och delvis förväntade kalabaliken drog igång på allvar.

Samtidigt som allt ändå hade löst sig till det bästa med den bortsprungna pojken, och hans mamma lyckades återförenas med honom på scenen, hade också vakter och säkerhetspersonal ofrånkomligen lyckats återfå fattningen och ryckte därmed ut i samlad tropp emot Orvar och Bengtsson. Hur angeläget det än må vara med en förlorad mamma eller borttappad pojke så var de helt enkelt på fel plats vid fel tillfälle enligt säkerhetspersonalen. Scenen var ämnad för stjärnorna, det vanliga folket skulle helst stå nedanför annars kunde de utgöra en fara för både sig själv och andra och en sådan säkerhetsrisk måste förstås omedelbart elimineras.

I det tumult som bara måste uppstå i en sådan situation hände också följande:

Flera män i varierande storlek, så många som antagligen skulle krävas för ett sådant fullskaligt ingripande, grep tag i både Orvar och Bengtsson från alla håll. Orvar som ju hade hatten full med vatten spillde det mesta av det rakt ner i en större dosa för kablar som försörjde scenen med ström, varpå allting tystnade och slocknade med en liten knall och ett rökmoln. På vägen ut, förbi ett berg av högtalare där det var lite extra trångt om saligheten kom hela ekipaget av scenvakter bärande på ett par vilt sprattlande gubbar i sina bästa år, lite i otakt. Vinglande snubblade också hela gruppen till, vacklade in igen och föll till slut ihop i en stor hög mitt på scenen. I den allmänna oreda som uppstod ville det sig heller inte bättre än att någon av de fallande männen bara råkade trycka på den utlösande knappen för det årets stora fyrverkeri. Och detta redan innan det hade börjat mörkna, så att en stor eldpelare började skicka ut både ljungeldar, krevader och gnistregn över både scenen och de överraskade stadsborna.

I en händelsekedja som bara tog några sekunder förändrades med andra ord allt för den tidigare så förväntansfulla publiken och den, av så många, emotsedda finalen på föreställningen kom så att säga mycket tidigare än någon ens hade kunnat vänta sig.

Orvar och Bengtsson slängdes därefter, ganska förväntat, ut från scenen och ombads vänligt men bestämt att hålla sig så långt därifrån som det överhuvudtaget var möjligt. Mycket mer var väl inte att vänta, men man kan nog ändå säga att det var tur i oturen att det var vakter och inte en uppretad folkhop som fick tag i dem. I värsta fall hade det väl kunnat sluta med att de båda blivit rullade i tjära och fjädrar och slängda ur staden för evig tid istället för den tillsägelse i all välmening de istället tilldelades.

Det är nog inte heller någon underdrift att säga att alla inte riktigt förstod att uppskatta det goda i deras avsikter och inte heller på samma sätt som de båda männen såg hela bilden av vad de vare sig uträttat eller ville uppnå. Men som Orvar ändå uttryckte det, har man bara gjort EN människa glad så har man åstadkommit mycket.

Han hade ett stort hjärta för ömmande frågor och han tänkte ofta rätt, ändå kunde det bli så utomordentligt tokigt så fort det kom till handling. Och även om Orvar korvar och uppochnedvända Bengtsson kanske inte riktigt hade fått nog av festivalen för personlig del, det fanns säkert massor kvar att utforska där, så hade festivalen definitivt sett nog av dem, åtminstone för den här gången.

Regnvåta, lite molokna och ganska trötta av den oförutsedda uppståndelsen begav sig ändå de båda hjältarna till slut lite motvilligt hemåt och bort ifrån stadens trängsel, larm och regn. Med krevader av bengaliska eldar, roterande facklor, kinesiska bomber, explosioner och krutrök i bakgrunden kunde de ändå bara konstatera att det var ett makalöst fyrverkeri. Tur att de inte missade det, för skulle inte det bombardemanget skrämma bort de sista resterna av vintern och vårens regn då fanns det nog inget annat som skulle göra jobbet heller. De enda som kanske inte uppskattade fyrverkeriet var väl alla djuren som inte tycker om när det smäller och det var synd det, tyckte både Orvar och Bengtsson, när det nu var så fint och stämningsfullt att se på.

Väl hemma i sin lite trista lägenhet tänkte Orvar att det nog var bäst att stanna där ett par dagar. För det första kunde han behöva torka och ta igen sig lite efter allt som hänt, för det andra fanns det en hel del han behövde ta itu med som disken till exempel, eller städningen. Det kunde behöva bli lite ordning i lyan som han ju tillbringade så mycket tid i. Sedan gick det ju inte att komma ifrån att de andra människorna i den lilla staden behövde lite tid på sig att glömma honom och vad han eventuellt hade ställt till med.

Efter att han också fått av sig sina blöta kläder, lagt alla de lite blöta och klibbiga tuggummina i en påse för senare användning och rotat fram en gammal tummad och lite gulnad tidning ur sina högar satte han sig till slut till rätta i sin enda fåtölj. Där skulle han bli sittande, så fick det bli. Inte mycket var så uppfriskande för Orvar som en gammal kriminalhistoria, och olika brott fanns det gott om i alla de tidningar han sparat på för den här typen av tillfällen.

Synd bara att han kände sig så hungrig och att han redan gjort av med de mesta han hade i pengaväg och att tuggummi inte ens kom i närheten av korv eller pannkakor eller kanske till och med våfflor när det gällde att mätta en hunger som Orvars.

Orvar korvar och uppochnedvända Bengtssons gör en osannolik semesterresa

En dag inte så långt in i juni hade den lilla staden återgått till sitt vanliga stilla lugn efter att den värsta festivalyran hade lagt sig. Några arbetade ännu innan sommaren på allvar skulle börja. Skolorna hade slutat och en del hade redan börjat få semester, varför det också hade blivit lite lugnare på gatorna om morgnarna. Som det brukar vid den här tiden så var det solsken från redan tidigt på morgonen till sent in på natten, men ännu inte särskilt varmt och hade det nu inte varit för att barnen hade sommarlov skulle nog inte så många envisas med att bada heller.

Den skira vårgrönskan som alla så länge väntat på hade på bara någon vecka formligen exploderat till en lummig sommargrönska i stadens parker och planteringar. Ja, under den svenska sommaren var det sannerligen bråttom för både växter och djur. Alla ville, lika plötsligt som sommaren kom, visa sina absolut bästa sidor innan den lika plötsligt var över. Den allra första blomningen var däremot redan över och spred istället en lite unken doft till omgivningen, troligen ämnad att locka till sig de sista entusiasterna i blomsterväxternas doftcirkus, flugorna. I trädgårdarna var det mänskliga arbetet i full gång med att plantera både grönsaker och blommig fägring, som skulle ge spänning och lyster ända till dess att hösten kom. Dessemellan hackade dånande gräsklippare rutinmässigt ned både gräs och ogräs för att hålla varje liten trädgård i topptrim till den annalkande och omistligt emotsedda midsommaren. Så pågick livet för innevånarna i den lilla staden, lite som varje år vid den tiden, som det brukar, en vanlig försommardag i en svensk småstad.

Det var heller inget särskilt med den, utan en dag som de flesta vid den tiden och det var också en sådan helt vanlig dag som uppochnedvända Bengtsson, plötsligt och oannonserat, praktiskt taget ramlade in till Orvar korvar i hans lite för trånga lägenhet. Lugnet hade varit påtagligt, nästan lite tråkigt för en så energisk person som Orvar, men så hade de också bestämt sig för att hålla sig borta ett tag så att de övriga innevånarna fick lite tid på sig att glömma Orvar och Bengtssons upptåg i staden den senaste tiden. Därför var det också lite överraskande för honom att Bengtsson tittade in, inte minst på det sätt han valde att göra sin plötsliga entré.

Efter ett brak i tamburen störtade Bengtsson in i lägenheten, tog några steppande och parerande steg i blindo, så att både hatt, kavaj och tankarna han möjligtvis haft i huvudet ruskades om en del, för att till slut falla handlöst ned med huvudet före (eller åtminstone det som i vanliga fall borde ha varit huvudet på en person, det vill säga nacken på Bengtsson) i den enda fåtöljen i rummet där Orvar redan satt med alla möjliga saker och ting omkring sig.

Bengtsson hade rusat fram längs gatorna i försommarsolen, eller snarare hasat fram i en så hastig takt han nu förmådde, ända ifrån pannkaksmamman och Lisa, som den lilla tuggummiflickan numera hette. Bara för att sedan, mer eller mindre, snubbla in över en bunt med reklam och gamla tidningar, som Orvar så opassande förvarade alldeles innanför dörren. Orvar som inte direkt väntade sig något besök hade också nära nog ramlat av soffan av överraskningen och i rena förvirringen spillt ut en hel kartong av de gamla skruvar och muttrar som han för tillfället gick igenom.

Orvar korvar hade, lite grann i brist på annan sysselsättning, tagit sig an mysteriet med vilka skruvar som hörde ihop med vilka muttrar och det var ju i sanning ett uppdrag som kunde dra ut på tiden. Då var det både lite upprörande och samtidigt lite avkopplande för Orvar att Bengtsson kom just när han gjorde. Bengtsson hade också sina starkt vägande skäl att komma precis då han kom och ett var just för att han hade något roligt att berätta som helt enkelt inte kunde vänta till senare. Åtminstone ansåg han det vara tillräckligt viktigt för att, utan att tveka, kunna störa Orvar i vad än han nu råkade ha för sig. Därför skyndade sig Bengtsson så gott han kunde både dit och in genom dörren utan att närmare se sig för om något händelsevis kunde stå i vägen. Lika hastigt som överraskande hade han därför också hamnat där han hamnat, upp och ned i en stol och inte hade han hunnit tänka på att ta med sig vare sig wienerbröd eller kaffe.

– Orvar! flämtade Bengtsson efter en stund fram från sin lite uppochnedvända ställning i fåtöljen.

– Bengtsson! utbrast Orvar också, nästan samtidigt som Bengtsson, efter att delvis ha återfått fattningen. Vad är det med dig? Du flåsar dig ju fram som om du hade en galen hund i hälarna! Seglar in här som en skadeskjuten tjäder och bara landar sådär.

Orvar såg också en lång stund på Bengtsson där han tycktes sitta på huvudet i stolen. Tyst stirrande och utan att säga något, som om han väntade sig något alldeles särskilt, eftersom den gamle mannen orsakade ett sådant rabalder då han dök upp. Sedan blev han nästan full i skratt då han insåg det komiska i att den uppochnedvända gubben nu såg rättvänd ut i sin uppochnedvända position. Plötsligt kunde Orvar se att det han tidigare förleddes att tro var ett leende, nog i alla fall var ett alldeles alldagligt, men likafullt, buttert ansikte som tittade fram mellan ett par uppstickande ben. Bengtsson däremot kunde inte alls förstå vad det var som var så roligt och inte heller se det faktiskt riktigt komiska i någonting av det Orvar fnissade över. På sitt självklart självömkande sätt muttrade han istället något långt och ohörbart alltmedan han också mödosamt och besvärat krånglade sig först ur och sedan i den gamla läderfåtöljen igen.

– Det är ingen hund den här gången, tack och lov! pustade Bengtsson efter att ha satt sig tillrätta, eller åtminstone så gott det nu gick att sitta i en fåtölj för en man av hans natur. Inte någon galen korvgrillargubbe heller, det kan du nog vara glad för.

– Då är det väl ett nytt fall för detektivbyrån? sa Orvar plötsligt lika förväntansfull som han tidigare varit full i skratt, det skulle allt vara riktigt uppfriskande. Vi har ju inte haft någonting att göra sedan vi räddade den lille pojken och hans mamma.

– Nej, inte det, svarade Bengtsson fortfarande lite andfådd efter den gymnastiska exercisen i fåtöljen. Vi ska åka på semester.

Det här gjorde Orvar alldeles spänd i hela kroppen och under en lång stund bara stirrade han på Bengtsson utan att riktigt veta vad han skulle säga. Bengtsson hade bara kastat det ur sig som om det var det enklaste och vanligaste i världen. Åka på semester! Ett tag trodde han på allvar att han skämtade, sedan kunde han inte riktigt veta om det var allvarligt eller inte. För med Orvar var det så att man inte bara kunde hoppa från en sak till en annan, även om han själv gjorde så allt som oftast. Han kunde liksom många andra i världen behöva lite betänketid när det gällde så viktiga saker.

– Vadå vi ska? Vadå semester? utbrast Orvar sedan som om det hela var alldeles för mycket att ta in. Jag kan inte åka på någon semester, jag har alldeles för mycket att göra.

– Men jag tänkte att eftersom vi inte haft så mycket för oss sista tiden så kanske det kunde vara skönt att komma bort ett tag. Någon annanstans. Med tanke på allt annat som hänt här så kanske det faktiskt vore bra om vi gick under jorden ett tag också, höll oss borta från staden och gjorde något annat.

Nu blev tystnaden ganska lång. Först var han som vanligt alldeles vanligt avig eftersom det inte var något han själv hade kommit på, sedan började han plötsligt tycka att den här semesteridén inte var så dum, men det var ändå något som oroade honom. Orvar korvar som var van vid att inte ha så mycket för sig, i alla fall inte någon annanstans än där han kände sig hemma, kände sig med ens ganska nervös över det faktum att han plötsligt skulle någonstans, och inte visste han vart, eller vad han skulle göra där. Någon helt annanstans än parken eller butiken, hur skulle man kunna känna igen sig där?

Med semester tänkte han sig att man åkte till sådana ställen med exotiska hus, palmer och kritvita stränder med varma bad som han sett i så många av sina tidningar och då måste man väl också vara solbränd och ha snygga badkläder och solglasögon. Man kanske måste dansa också och om sådant visste han ganska lite, annat än att man nog måste röra på kroppen, helst som alla andra om man inte skulle betraktas som idiot. Han hade visserligen inget emot att bada om han kände för det men på en semester blev man ju mera tvungen, så att säga. Och det troligaste var väl att han inte skulle ha något sällskap av någon Bengtsson där ute i vågorna heller. Hur kunde det vara något roligt med det? Att göra saker själv är ju något man gör hela tiden.

Men så kom han plötsligt på att det var just det han saknat, att kunna åka på semester och göra lite som man vill, att sväva på vågorna utan att behöva tänka på något annat, att bara sitta och ta det lugnt i skuggan av en palm och äta god mat som någon annan har lagat. Vad han ändå inte kunde förstå var hur i hela världen de skulle ha råd med något sådant. Även om deras ganska nybildade detektivbyrå löst både ett och annat fall var det ju inte så att de hade ett överflöd av pengar och semester var ju inte på något vis gratis, det var ett som var säkert.

– Semester säger du? sa Orvar fortfarande lite tveksam till idén.

– Ja, svarade Bengtsson entusiastiskt. Jag hälsade på Lisa och hennes mamma, du vet pannkaksmamman, de tänkte åka utomlands och så ville de att vi skulle följa med. Ja, eller ville och ville, de frågade i alla fall om vi var intresserade.

Alla vi som vid det här laget känner Orvar någotsånär vet ju att han är både temperamentsfull och lite lynnig och hans humör kunde växla på den tid det tar att vända på en hand. På bara en stund kunde han förvandlas från en solig dag till ett åskmoln, om man så säger.

I samma stund han hörde Bengtsson nämna pannkaksmamman var det som om det slog ned en glödande meteorit i huvudet på Orvar korvar. Han som precis hade börjat fatta tycke för Lisas mamma, hon som var så fin på att laga både pannkakor och våfflor. Hur kunde det vara så att uppochnedvända Bengtsson var där och hälsade på? Hur kunde det vara så att de bjöd Bengtsson utan att han hade fått möjligheten att vara med? Varför hade Bengtsson inte hämtat honom om det nu skulle bli pannkakor igen? Det var som om själva tanken på Bengtsson och pannkaksmamman störde honom mer än något annat och plötsligt kunde Orvar inte längre tänka på semester med palmer och fina stränder eller bad och solglasögon.

Pannkaksmamman var ju hans fagra mö, som HAN skulle rädda ur alla möjliga knipor, inte Bengtsson. Orvar kunde bara inte förstå vad i hela världen Bengtsson hade där att göra, han skulle vara med honom och bistå honom i hans räddningsuppdrag, inte göra några egna utflykter till de nödställda. I synnerhet inte om det nu var någon Orvar hade fattat särskilt tycke för.

– Jahaja, du har hälsat på dem du, sa Orvar till slut kallt.

Vad det nu än var som hände i honom så var det något han hade svårt att riktigt sätta ord på. Det hade aldrig någonsin slagit honom in att han kunde vara svartsjuk och allra minst på uppochnedvända Bengtsson, men nu tycktes det ändå vara så, även om det inte var något han ville erkänna, inte ens för sig själv. Man kunde nog ha sina dåliga dagar, men svartsjuk, det var något värre än både förkylning och att vara allmänt hängig en dag. Långt värre än att drabbas av scenskräck. Det kunde liksom äta sig in i kroppen på honom som en parasit som inte gick att skaka av sig, som om allt runt honom förmörkades och Orvar kunde inte ens förstå hur det började. Det enda han i det ögonblicket såg, var att det antagligen inte hade något slut. Skulle han nu bli ovän med Bengtsson? Han som han alldeles nyss hade skrattat åt där i fåtöljen. Mannen som han haft så mycket roligt med så många gånger. Han fattade verkligen inte vad som hände med honom och han visste inte heller vad han skulle göra, mer än att fortsätta vara så där orvarsur som bara han kunde.

Ibland var det minsann inte så roligt att vara Orvar korvar.

– Bjöd hon på pannkaka då? fortsatte Orvar, som om han på något vis ville framtvinga ett erkännande från Bengtsson om något han inte visste att han hade gjort.

– Nej då! men jag fick kaffe, det fick jag.

Orvar började planlöst plocka med skruvarna och muttrarna som hade ramlat ut på golvet. Mest för att ha något att göra och för att komma på andra tankar. Men innerst inne tänkte han att det nog var synd att inte Bengtsson förstod att han hade sårat honom, åtminstone lite och det var en tanke som störde honom i allt han försökte göra för att inte tänka på det. Om det nu var så att Bengtsson inte förstod eller om han helt enkelt struntade i det går inte riktigt att säga, men han undvek i alla fall det oundvikliga, att prata om det. Kanske var det också rätt sätt att angripa det problemet, för hur det var så kände han Orvar ganska väl och visste förmodligen att det inte var lönt att diskutera något som ändå skulle gå över av sig själv, bara han fick lite tid på sig att svalna. Sådan var också Bengtsson, tålmodig och klurig på sitt alldeles egna sätt och vad hade väl Orvar gjort om han alls inte funnits där.

– Du fick kaffe du, sa Orvar sedan kort och entonigt, medan han fortsatte sitt lite slarviga rafsande i skruvhögen på golvet så att det for skruvar och muttrar överallt där de inte skulle vara.

– Ja, visst! Och så visade de vad de hade planerat för sommaren och sa att vi kunde få följa med dem på deras utlandssemester.

– Ja, du sa det, jätteroligt.

Orvar kunde, som ju redan sagts, inte nog uttrycka sin känsla inför Bengtssons plötsliga ingivelse om att de skulle åka på utlandssemester, särskilt efter att han berättat om kaffebesöket som ju med all tydlighet blivit lite för jobbigt för honom. Särskilt som Orvar också tyckte sig ha ansträngt sig SÅ för att göra sig trevlig mot dem, med både portmonnä, hund och diskbestyr. Han hade det i all sin enkelhet ganska svårt, får man nog erkänna. Men så var det väl med det mesta, ibland kunde han ha full vind i seglen, men ibland kändes istället allting som en lång väg uppför en hal slänt, och då var det inte mycket som roade Orvar.

Uppochnedvända Bengtsson däremot borde nog mitt i bedrövelsen kunna erkänna att han också, åtminstone till en del, tyckte det var lite roligt att retas med Orvar och se hur barnsligt han betedde sig. Han roades av hur genomskinlig och förutsägbar Orvar kunde vara, även om han samtidigt tyckte det var lite tröttsamt att han liksom hängde upp sig för mycket på vissa saker och inte riktigt verkade vilja förstå, hur han än förklarade.

Det var ändå något som förbryllade Bengtsson, som han inte riktigt kunde klura ut hur han än tänkte på det där i fåtöljen. Hur Orvar kunde bli så där tvär och grinig helt plötsligt, när han kom för att berätta något som åtminstone han tyckte lät så väldigt roligt. Det var ju, får man ändå säga, inte speciellt svårt, inte ens för Bengtsson att känna igen symptomen, men i hans värld var det bara inte möjligt att Orvar skulle känna sig svartsjuk på honom, inte av någon som helst anledning. Det kunde man ju se, bara man tittade på honom, att han i sitt uppochnedvända tillstånd inte kunde vara hotfull för någon på något rimligt vis, så var det bara. Han kunde väl ändå inte ha blivit svartsjuk sådär plötsligt, på Bengtsson? Eller var det bara det att hans mage tagit över igen och sa honom att det nog kunde vara dags att oroa sig över om han kan ha blivit utan pannkaka eller något.

– Nu får du sluta upp med att vara en sådan tjurskalle! sa Bengtsson plötsligt som om han ville att Orvar skulle vakna upp lite.

– Det kan du vara själv, tjurgubbe!

– Vad vill du att jag ska göra? Ska jag ramla in här på huvudet en gång till för att du ska kunna bli lite gladare.

– Du kunde åtminstone ha sagt att det skulle bjudas på pannkaka, jag hade nog kunnat tänka mig att följa med om bara någon hade frågat. Men du ville väl sitta alldeles själv med dem du.

Nu stod det plötsligt klart för Bengtsson vad det hela handlade om. Det var pannkaksmamman han oroade sig över och det vilade något lite komiskt, men också tragiskt över hela situationen.

– Ok! Det var bara kaffe för sjutton. Fortsatte Bengtsson. Det är ju inte som att vi har haft någon stor pannkaksfest precis. Men om du tänker fortsätta envisas med att vara en surgubbe hela dan så kan jag ju aldrig berätta om semesterresan.

Orvar som ännu inte var riktigt färdig med att vara sur smällde och skramlade demonstrativt och lite överdrivet med skruvlådan där han satt på golvet. Sedan suckade han också lite extra ljudligt ett par gånger under det att han mer eller mindre slängde skruvar i lådan, så att Bengtsson verkligen skulle höra hur jobbigt han tyckte att det var, innan han till slut, truligt som ett barn som inte fick vara uppe och se på teve, satte sig ned i soffan med armarna i kors.

– Vad är det för en semesterresa då?

Bengtsson berättade med så stor inlevelse han kunde för Orvar om hur han tidigare under dagen hade träffat på pannkaksmamman och tuggummiflickan när han skulle gå på en av sina dagliga promenader. Hur de hade bjudit på kaffe, men utan vare sig kaka, pannkakor eller våfflor. Och hur de då hade berättat om att de tänkte ta en tur till Danmark, nu när de blivit lediga några dagar och att det nog kunde vara roligt om de båda männen ville följa med. Eller snarare att de fick följa med om de ville, fast de såklart skulle få betala resan själva.

Bengtsson berättade så målande och beskrivande han förmådde för Orvar om vajande rödvita flaggor och både danska wienerbröd och röda korvar. Om hur gästvänliga danskarna var, till skillnad från många de träffat i sin egen stad den sista tiden och hur spännande annorlunda allt antagligen var där borta. I Danmark skulle det mesta kännas nytt och ingen skulle känna igen dem heller så de kunde verkligen koppla av på riktigt och inte behöva tänka på något jobbande överhuvudtaget. Så övertygande var han i sina beskrivningar att han nästan trodde på sig själv och även om han inte i samma utsträckning som Orvar drogs till spänning och äventyr så tyckte han ändå att det någonstans lät både tillräckligt, och också lagom roligt och omväxlande för en sådan, mer än vanligt vanlig och lite småtråkig person, som han själv.

Uppochnedvända Bengtsson som ju egentligen var mera av en naturkille och som den långa, vanemässiga vägen hade lärt sig att uppskatta det enkla i livet; att bara ta promenader och kanske sitta ensam på en parkbänk eller vid en knastrande lägereld vid en liten sjö, hade förstås mycket hellre åkt och fiskat eller något sådant. Men eftersom Bengtsson visste hur gärna Orvar ville göra sådana spännande saker som att åka på någon spännande resa någonstans och de redan hade kommit igång ordentligt med sin detektivbyrå, ville han överraska Orvar med något som han var mer eller mindre säker på att han skulle uppskatta. Därför hade han också mer eller mindre tackat ja till flickorna på stående fot. Även om det nu var långt längre och mer uppoffrande för honom med Danmark än en fiskesjö i närheten, så fick det helt enkelt gå för sig, för om man nu är vänner så gör man saker för varandra och Bengtsson ville innerst inne inget annat än att Orvar skulle vara glad, så där extra glad som man nog bara kan bli av en semester tillsammans med de man tycker om.

Nu var i och för sig Danmark inte riktigt detsamma som palmer och varma vindar vid havet och inte låg det så särskilt långt borta heller, men bara det att de pratade ett annat språk som var nära nog obegripligt (åtminstone för Orvar och Bengtsson) och sålde röda, varma, korvar nere vid hamnen, borde vara tillräckligt för att åtminstone Orvar skulle tycka att det var exotiskt. Sedan fick han väl ta med sig badbyxor och solsaker eller vad han ville ändå, fast det troligen inte skulle bli så mycket bada av för honom där, annat än möjligen i någon fontän eller så.

– Hur skulle vi ta oss dit då? frågade Orvar, som om det här med röda korvar plötsligt ändå hade fått honom på andra tankar, fått hans lite svartsjuka utspel att blekna något till fördel för den gnista av nyfikenhet som hela tiden bodde därinne, men bara behövt lite hjälp på traven. Bengtsson kunde verkligen läsa honom som en öppen bok. Nämner man bara korv, så hoppar sidorna raskt förbi det långtråkiga och fram till ett kapitel till där det roliga kommer igen. Det var sällan mycket svårare än så om man bara som Bengtsson hade det tålamod som krävdes.

– En stund med tåget bara, sa Bengtsson, och sedan inte mycket längre än kanske tjugo minuter med båt. Fast det är ju det också, att det är redan imorgon de ska åka.

Orvar korvar som ju inte kunde beskyllas för att vara så vidare van vid det här med utlandsresor, särskilt om allt hände så plötsligt, kunde både känna en viss oro för det ovana, som hur man skulle göra där, vad man skulle ha med sig och hur man skulle komma hem och så, men samtidigt också en spänd förväntan kring sådant som bara hände utan att man direkt kunde hjälpa det.

Om det nu var något Bengtsson hade skäl att oroa sig för så var det just det, sådant som bara hände, med Orvar korvar.

– Vi åker förstås ganska tidigt så att vi hinner dit i tid. Sen går vi väl runt lite, fortsatte Bengtsson, äter något gott som vi hittar där, korv kanske, tittar i butiker och ser på lite sevärda saker en stund och framåt kvällen är vi nog hemma igen.

Nu började det hela ändå låta ganska bra, tyckte Orvar, flera roliga saker och hemma till kvällen så att man inte behövde oroa sig så för övernattning. Och vem i hela världen, om det ens FANNS någon, kunde egentligen motstå en varm korv i försommarsolen vare sig den var röd eller vit eller båda delar. Bengtsson och flickorna kunde väl äta någon röd glass om de istället föredrog det.

– Hur ska vi få råd med allt det här?

– Jag tänkte att vi väl har kvar pengar från hittelönen efter hundarna sa Bengtsson, om du nu inte spenderade allt på tuggummi i den där automaten, eller i butiken.

– Ja inte har jag gjort av med dem, svarade Orvar. Jag kan ju inte ens gå i närheten av närbutiken utan att den där gapande strånken kommer farande med armarna i vädret. Han vill då inte ha mina pengar, det är säkert det.

Orvars lust för att åka på Danmarkssemester hade efter vissa överväganden hunnit växa så till den grad att han ganska plötsligt helt hade förträngt det här med Bengtssons lilla kaffekalas. Lika plötsligt som förväntat hade också hans lite slitna soffa där han suttit lämnats alldeles tom i rummet och istället för att ägna sin tid till det aningen långrandiga arbetet med skruvar och muttrar som skulle passas ihop, började han med stor iver riva runt i sin redan ostädade lägenhet efter saker att packa och ha med sig. För Orvar stod det snart ganska klart, att Danskarna antagligen inte förstod vad de hade mis--sat, men det skulle nog snart gå upp för dem.

Som en vårglad ko formligen sprang han från rum till rum, medan Bengtsson såg på och drog fram alla möjliga, omöjliga och absolut nödvändiga ting som han lade tillsammans i en stor hög mitt på vardagsrumsgolvet. Allteftersom högen på golvet växte sig till ett mindre berg av saker man bara inte kunde vara utan, växte också Bengtssons munterhet över att den omisskännliga Orvars iver var tillbaka. Det behövdes verkligen inte mycket för att den Orvar han kände bäst skulle krypa ut ur sitt buttra skal och leva runt som vi var vana att se honom. En ivrigt sprudlande och energisk tokstolle utan egentliga gränser för vad som skulle kunna gå för sig, i synnerhet i ett annat land.

– Ska man ha med badbyxor? Snorkel? Vad ska jag ha på mig? Räcker det här (Han hade morgonrock,)? Jag kanske måste ha jacka. Vilka skor ska man ta? Duger det med sandaler eller måste jag ha riktiga skor? Sådana som man knyter. Kan man behöva en ficklampa? Hur stor väska ska jag ta? Jag har både en skitstor och en lite mindre. Finns det föresten toaletter i Danmark?

– Du behöver nog inte så mycket för att åka till Danmark, sa Bengtsson och det blir säkert inte mycket bada av där heller, men ta med badbyxor om du känner för det.

Även om de skulle åka redan nästa dag, så skulle de bara vara borta i det som i resesammanhang kunde kännas som ett ögonblick, bara en kort dagstur, och därför krävdes det verkligen inte så stora förberedelser som nu var i görningen i Orvars vardagsrum. Men Orvar ville i alla fall ta det säkra för det osäkra och packa för ALLA eventuella händelser som möjligen skulle kunna inträffa och det var i den stunden ganska många, skulle man nog kunna säga.

Efter att Bengtsson ändå hade försökt, övertygat och försäkrat honom om att all överlevnadsutrustning i berget på golvet inte nödvändigtvis skulle komma till användning och att det nog kunde räcka att åka i det han hade på sig och inget mer, så packades trots det den lite mindre väskan, en ryggsäck av militärmodell (med inbyggd stol), med några nödvändigheter och en hel del annat som bara inte gick att hindra från att följa med. En bit rep, en träkloss, handduk, ett par solglasögon av äldre modell, lite ståltråd, tejp och plåster, en termos utan kaffe, en radioapparat som inte gick att använda, några nålar, tre par skor, en gammal tidning ifall man blev lässugen, en karta över Uppsala som han fått med reklamen, några kaffekoppar och glas, en jacka av militärtyp, några roliga knappar, lite pengar, en rostig spik och en stor påse med lite ihopkladdade tuggummin (som alldeles säkert skulle kunna misstas för sprängdeg om man var på det humöret) till Lisa. Uppochnedvända Bengtsson behövde inte packa i närheten av så mycket som Orvar behövde för att åka på en dagstur och inte hade han tänkt bära något av det heller. Men om Orvar kunde man nog inte säga annat än att han definitivt var redo, för allt. Nästan…

*

Morgonen då den stora resan skulle äga rum visade sommaren upp sig från sin allra bästa sida. Solen stod hög och varm på en klarblå och molnfri himmel. Den daggvåta luften var klar och ren och från träden spelades en symfoni av fågelsång som ett soundtrack till deras avfärd. De träffades alla som avtalat vid stadens tågstation. En välbevarad byggnad från tågresandets barndom. Som ett palats för resande tornade det upp sig med stora sekelskiftesfönster och ornamenteringar. Med koppartak och tegelväggar skulle det stå stadigt i alla tider och slå alla resenärer med häpnad. En byggnad som var porten till en liten stad som sedan inte i mycket kunde mäta sig med det monument till byggnad de ankommande först såg då de klev av tåget. En sorts anrik stolthet kan man nog säga, men som man sedan inte riktigt kunde leva upp till. Med all sannolikhet var det en sådan byggnad som Bengtsson nog skulle kunna tänka sig att bo i om han fick yttra sig i frågan och det var också med en viss vördnad inför det enorma som de steg in på stationen, Bengtsson i sina vanliga lite grå och vardagliga kläder och Orvar i glatt färgade badbyxor, solhatt och en minst sagt väl tilltagen ryggsäck fylld med lite väl mycket av varje.

– Visste du, att i Danmark är allt gjort av lego, var det första som flickan sa då hon mötte dem i stationens ankomsthall. Alla hus och allting.

– Jaha, det var intressant det, svarade Orvar samtidigt som han nog bekymrade sig lite över hur det kunde vara med korven som han hört så mycket om, en legokorv, det kunde kanske vara något alldeles särskilt det.

Det kunde inte ha undgått någon att det var några mer eller mindre halvtokiga personer, som inte var så särskilt vana vid att resa, som till slut stod uppradade där på perrongen i väntan på att lokaltåget skulle anlända. Jämte den glädjesprudlande lilla flickan och hennes mamma, en nästan halv gubbe som det inte gick att säga om han var glad eller ledsen och så Orvar. Oförliknelig i det mesta och ändå kan man, redan här och utan att överdriva, säga att åtminstone tågresan nästan passerade utan allt för stora tokigheter.

Pannkaksmamman som alltid var så glatt leende hade bara en sommarlätt klänning och en handväska för det allra viktigaste. Lisa hade inte mycket mer hon heller, bara en liten doktorsväska där hon förvarade sin röda portmonnä, ett par röda solglasögon och extra strumpor om det skulle bli kallt. Ett tag var det nästan så att Orvar korvar började ångra sitt eget val av packning, men nu var det ju också så att man aldrig riktigt kunde veta när något skulle komma till användning och då fick allt följa med som det var tänkt ifrån början.

Med hjälp av några hjälpsamma och medlidande medresenärer fick de med viss möda också upp Orvars lilla, men ansenligt välpackade, ryggsäck på en bagagehylla på tåget och där skulle den få vara tills de var framme. I vanlig ordning tog sedan Orvar kommandot och mer eller mindre rusade genom hela tåget för att de skulle få de allra bästa platserna. Allt skulle på något vis stämma för honom. Det skulle gå att obehindrat se ut genom fönstret utan några onödiga gardiner och prål. Det skulle finnas gott om plats för både armar och ben, och det skulle såklart också vara nära både till toaletter och samtidigt också en utgång i händelse av annan plötsligt uppkommen nöd. Det måste finnas ett bord med tillräckligt gott om plats för allt man kunde tänkas ha på ett sådant, och med all önskvärd tydlighet gjorde Orvar klart för alla i sällskapet att de bestämt skulle sitta tillsammans, vilket också ledde till att Orvar i ett rasande tumult mer eller mindre dirigerade om hela tågvagnen så att ingen längre satt där de suttit från början.

Några flyttade sig och alla sina saker utan att direkt protestera, kanske tyckte de att det inte var något värt att bråka om. Andra hade tyvärr en mer bestämd åsikt om vem som fick sitta var och det var ett tag så att Orvar i all sin beslutsamhet nära nog bar en ilsket protesterande gammal dam till en plats längre bort i tåget.

Orvar korvar ville minsann ha valuta för sina semesterpengar han och då var det särskilt viktigt att allting blev rätt ifrån början.

– Vad ska du bli när du blir stor då? frågade den lilla flickan Orvar när de till sist och äntligen hade kommit på plats, vilket fick både Bengtsson och pannkaksmamman att fnissa förtjust.

– Jag vet inte jag, sa Orvar både lite utmattad av den ansträngning det inneburit att ta sig till de platser de slutligen hade på tåget och samtidigt överrumplad av själva frågan. Lokförare kanske, eller detektiv. Det sista sa han med en lätt blinkning till flickan samtidigt som han också ryckte lite nonchalant på axlarna som för att visa att det inte var så märkvärdigt egentligen.

– Äh! Du är ju redan detektiv, sa Lisa. Jag ska i alla fall bli doktor, och du kanske kan jobba i affär du som är så bra på att hålla ordning på så mycket saker och ting. Hon tänkte nog närmast på den väldiga packningen han haft med sig och egentligen inte så vidare mycket på den ansamling av prylar han hade hemma, vilket hon för övrigt inte kunde veta så mycket om, både till glädje för henne och till en viss lättnad för Orvar, men också till en tyst munterhet för Bengtsson där han satt och hörde deras samtal.

– Jag är nog inte så fin på affärer jag, fick Orvar nog ändå erkänna vilket åtminstone Bengtsson inte hade några invändningar emot, men doktor är ett fint jobb, det tycker jag verkligen att du ska satsa på.

Och så fortsatte det under resten av tågresan alltmedan uppochnedvända Bengtsson drack sitt kaffe och den försommargrönskande naturen i all sin prakt passerade utanför deras tågfönster. Lisa pratade otvunget och oupphörligt med Orvar om allt möjligt mellan himmel och jord. Bengtsson och pannkaksmamman skrattade då och då åt deras lustiga konversation och åt Orvars ibland ogenomtänkta men oftast också lite lustiga kommentarer, alltmedan de andra resenärerna emellanåt såg lite uppfordrande och ibland uttröttat åt deras håll så fort någon av dem höjde rösten. Det var när allt kom omkring en ganska bra dag. En vanlig tågresa, en sommardag, på ett tåg på väg mot Danmark. Men om tågresandet ändå hade gått utan allt för stora sammandrabbningar eller missöden från deras sida så var det inte riktigt vad man kunde säga om det som kom sedan, deras minst sagt händelserika båtfärd.

*

När sällskapet väl nådde fram till stationen där de skulle gå av, hade både Lisa och Orvar, som knappt hade talat om annat den sista tiden på tåget, hunnit bli barnsligt upprymda av tanken på både Danmark, korvar och båtfärder. Därför hade Orvar också svårt att riktigt bärga sig då det äntligen var dags och de var framme vid destinationen. Full av sin vanliga iver närmast rusade också Orvar genom tåget på sin väg emot perrongen. Kanske inte så tätt men ändå åtföljd av Lisa med sin doktorsväska, uppochnedvända Bengtsson, som i sitt hasande mera tycktes studsa fram mellan stolarna, och den ständigt leende pannkaksmamman som i allt hon gjorde utstrålade en glädje, som om hon vore optimismen själv. Allt positivt förkroppsligat, åtminstone i ögonen på Orvar korvar. Sådant kan få vem som helst och inte minst Orvar att glömma allt annat som kan vara viktigt. Bländad av sin förtjusning över pannkaksmamman, Lisa, Danmark och båtresande var allt annat viktigt i hans huvud som bortblåst och i hastigheten och ivern att ta sig av tåget hade Orvar korvar därför också helt glömt av sin enorma packning. När det till sist gick upp för honom och han till slut kom på det där på tågstationen var det redan för sent. Tåget hade gått och ryggsäcken tuffade makligt och orörd vidare på sin hylla mot nästa anhalt i tågets väg.

– Jahaja! där rök den. Så var man utan pengar också, sa Orvar kort och lite uppgivet suckande, då han såg tåget försvinna bakom nästa krök. Men Bengtsson tyckte att det nog var lika bra det, för i en sak hade han alldeles rätt, att så mycket packning kunde nog ingen behöva eller ha användning för, inte ens i Danmark.

Det var i alla fall tur i oturen att Bengtsson ändå hade nog med pengar för att ta dem båda både till och tillbaka från Danmark. Lite tur för Orvar var det också för nu behövde han ju inte göra av med några av sina egna pengar som han uttryckte det, och med väskan var det väl så, att den säkert skulle komma tillrätta den med, tids nog. Detta till trots, var det tillräckligt retligt för att Orvar ändå skulle börja göra en onödigt stor affär av alla nödvändiga saker som nu inte skulle kunna komma till användning, och detta skulle han förstås fortsätta att tjata om hela vägen till Danmark. Det var just sådan Orvar var och sådant var något man också fick lov att ta med i beräkningen, åtminstone om man skulle ge sig ut på någon längre utflykt tillsammans med honom. Det visste Bengtsson vid det här laget, men det betydde förstås inte att alla de händelsevis skulle möta var lika införstådda med hur en sådan som Orvar riktigt fungerade och därför var heller inte förståelsen alltid lika enastående hos dem som hos Bengtsson. Berättelserna om hans försvunna väska väckte heller inte något större bifall hos någon av dem de mötte efter vägen. Ingen förståelse eller medkänsla där inte. På sin höjd en axelryckning eller ett ruskande på huvudet, men ingen som för den skull verkligen brydde sig om det. De gav helt enkelt blanka den i vart väskan kunde vara på väg, vare sig den skulle ha varit på väg till Nordkorea eller till Nordkap. Vart än Orvars ryggsäck nu hade tagit vägen så var det inte längre något de kunde göra något åt och därför fick det till slut helt enkelt vara som det var. Ingen kunde ju hjälpa honom med det, hur mycket han än muttrade på om den saken, och när sällskapet efter en lite kortare promenad och en lite längre väntan till slut ändå skulle få kliva ombord på båten som skulle ta dem den korta biten över sundet, var det hela ändå mer eller mindre glömt. Så fort de såg havet och båten de skulle åka med så fanns inte väskan längre med som ett samtalsämne. Men även om deras fascination nu hade övergått till havets för dem verkliga läckerheter bland färdmedel, så gick det ändå inte att ta miste på vilken grundlig ovana de båda männen i själva verket hade av båtar. Uppochnedvända Bengtsson som åkt båt några gånger i sin ungdom kunde dock ta det hela med lite större ro än Orvar som just aldrig hade suttit i en båt större än en eka.

Som hos ett nära nog nyfött barn som just börjat se hur världen verkligen såg ut, var allting i och omkring båten precis lika intressant för Orvar. I hans ögon var båten, som ju i verkligheten inte var mycket mer än en helt vanlig och lite mindre passagerarfärja för de flesta andra, närmast enorm. Åtminstone när man stod så nära att man kunde kliva ombord. Båten var stor nog för att kunna ha plats för en ansenlig mängd av både bilar och människor och där man skulle kliva ombord efter att ha uträttat sina eventuella biljettinköp hade det lämpligtvis också ställts ut avspärrningar så att inte alla skulle rusa in på samma gång. Inte tog resan särskilt lång tid heller. På de omkring tjugo minuter som överfärden kunde ta hann man nätt och jämnt få sig något att äta i den lilla och sparsamt möblerade serveringen ombord innan resan var över. Det vill säga om man var snabb nog att hamna långt fram i kön av småsugna resenärer. Med andra ord, en matpaus av den enklare sorten, såsom en smörgås eller en mazarin som nog helst också borde avnjutas på stående fot om man skulle hinna, för redan innan man kommit till kaffet kunde man vara framme.

Inte var det någon stort märkvärdig resa för de resvana och för de som gjorde den ofta var det mera som ren rutin. Gå ombord på båten, sedan en stund med kaffe i baren innan man slutligen var framme vid destinationen. Allt var sig likt, vanligt och enkelt för den som gjort det hundra gånger. Orvar som däremot inte hade samma vana, kunde verkligen inte dölja sin nyfikenhet kring minsta småsak. Allt han såg på vägen in i båten var ämne för debatt och hela tiden störde han kaptenen, hans besättning, och andra han mötte efter vägen med mängder av mer eller mindre ovidkommande frågor som: Hur tjockt är repet? Var sitter motorn? Vad är den knappen till för? Och vad händer om vi sjunker? Inte brydde han sig heller stort mycket om att det fanns andra passagerare på båten som inte var tillnärmelsevis lika intresserade som han av all säkerhetsutrustning och hur den eventuellt skulle användas. Precis lika ointresserade som passagerarna var av båtens funktioner var de, av naturliga skäl, av berättelsen om hans nyligen förlorade packning, som han av en händelse hade påmints om igen och som han envist också plågade dem alla genom att dela med sig av.

Orvar var ju, som vi redan vet, i någon mening, unik på ett sätt som inte alla riktigt kunde förstå eller visa förståelse för. När han, redan efter halva resan och utan att ha ätit något från serveringen, hade frågat ut ett flertal av medresenärerna om innehållet i deras packning, krupit runt på golvet efter några småmynt och ett hårspänne som nog kunde komma till användning men som han ändå gav till Lisa för att hon troligen kunde ha bättre användning för det, och slutligen inte kunnat hålla sig från att pilla lite för enträget på en behållare för livbåtar så att den, överraskande men föga förvånande, öppnade sig varpå en gummibåt modell större blåstes upp och nära nog fyllde halva passagerardäcket. Då hade han i alla fall oemotsagd nått till höjden av sina ansträngningar på den båten och det var också då som tålamodet till slut brast för några av hans medpassagerare.

I ett ögonblick av intuitivt vredesmod var några av de mer förargade passagerarna uppe på benen och med ett fast tag om Orvars sprattlande armar och ben bar de honom i riktning mot båtens reling. En gång för alla skulle de göra slut på plågan, om de så skulle behöva kasta honom över bord. I det tumult som plötsligt uppstod föll både glas och koppar omkring bland passagerarna, ackompanjerat av okvädingsord och utfästelser om allehanda bestraffningsformer på både svenska och danska. Flera uppretade män hade helt plötsligt blivit våldsamt intresserade av att Orvar skulle både likvideras och omhändertas och om det nu inte hade varit för att uppochnedvända Bengtsson, i ett ögonblick av ögonblicklig sinnesnärvaro, i hastigheten hade hoppat upp på och hängt sig fast i byxbaken på en av förövarna, hade Orvar med all sannolikhet också fått simma sista biten till Danmark.

Om det lilla ressällskapet ändå bara hade fått med sig Orvars packning hade de med repet kunnat binda fast honom i stolen för att därmed undvika att något sådant skulle hända, men nu var det som det var med den saken. Orvar gick bara inte att hindra, till de andra resenärernas förtret men tuggummiflickans stora glädje. Samtidigt som flera personer stretade och drog för att få Orvar dit de ville, så roades hon så väldigt över hans galna upptåg att hon knappt kunde andas mellan skratten. För hur det än var så var det inte ofta man kunde se så mycket galna upptåg och tokigheter på en och samma gång, annat än möjligen på bio.

Ja, det var verkligen något alldeles särskilt med båtresor som inte Orvar korvar förstod att uppskatta på det sätt som vi andra kanske skulle tycka är normalt. Möjligen var det för att han var så förskräckligt spänd och nervös över hela situationen som han inte kunde hålla fingrarna i styr. Det kunde också vara så att det bara var sådan han var, och att han passade ovanligt dåligt i sådana miljöer. Hur det än var med den saken så framstod plötsligt de rödvita flaggorna som vajade så fint på den annalkande kajen som en räddning i sista stund. Plötsligt kunde Orvar också medge att han var väldigt förtjust i danskarna, fast det var nog mer än man kunde säga om deras känslor inför honom.

De annars oftast så glada och fryntliga danskarna kunde nog inte riktigt veta vad som väntade dem då Orvar korvar nära nog kastades av båten tätt följd av uppochnedvända Bengtsson, Lisa, pannkaksmamman och en hel karavan av uppretade passagerare och besättningsmän. Utan vare sig packning, pengar eller andra nödvändigheter och i stort sett endast iklädd en mycket färgglad badbyxa kunde Orvar heller inte göra mycket mer än att trumpet sätta sig ned på en bänk i närheten och lite uppgivet se båten på nytt lägga ut för en solig resa över det lilla sundet. Inte gjorde det Bengtsson så mycket att han till slut satte sig ner heller, för han behövde verkligen vila en stund efter den minst sagt påfrestande båtresan. Flickorna gick det nog ingen nöd på ändå, de fick väl äta en glass eller två, medan de stridströtta männen samlade sina krafter.

*

– Här var det fint, sa Bengtsson om Danmark medan de lite mer stillsamt satt där på bänken vid kajen, här skulle man definitivt kunna bo!
Danmark för Bengtsson stod, redan vid första anblicken, för en lite mer stillsam tillvaro med sin nästan barnsligt tilldragande arkitektur. Osymmetriska lite lätt lutande hus i alla tänkbara former och färger. Mellan korsvirkeskonstruktioner skymtade både blått, rött, gult och tegel fram som en påminnelse om att allt inte måste vara lika. Liksom Bengtsson skiljde sig från mängden på ett ganska påtagligt sätt, bullrade också de trånga och kullrigt stenlagda gatorna fram mellan husen, som alldeles tydligt ståtade med sin egen egensinnighet. Till och med korven och kaffebröden gav sken av att vilja vara lite egna.
– Du säger det du, svarade Orvar på ett sätt som vittnade om att han hört honom säga det tillräckligt många gånger för att det inte längre var någon sensation att han tyckte så. Själv känner jag nog mer för att bada.
Om Orvar i vissa stunder kunde vara mer för det praktiska, så var som sagt Bengtsson istället mer för det

estetiska eller skönt tilltalande. Där Bengtsson såg korsvirkeshusen i olika glada färger, tätt sammanfogade och pittoreskt lutande ut emot gatan, hade Orvar istället fått upp ögonen för en näraliggande pir som badade i solsken med både hala stenar och skummande vatten.

Varm som han blivit av uppståndelsen på båten, kände han också en oemotståndlig och lite påträngande längtan efter att få bada. Han var åtminstone rätt klädd för det ändamålet och piren såg ut att vara en bra plats för sådana aktiviteter. Det var just inte mycket som kunde mäta sig med ett bad i sommarsolen för Orvar, och Lisa och pannkaksmamman som vid det laget kommit tillbaka med varsin glass till sig själva och några wienerbröd till dem alla, hade heller inga större invändningar emot att gå ut på piren en stund. Orvar kunde väl få bada där om han så gärna ville och Bengtsson och flickorna kunde åtminstone titta på havet och äta wienerbröd under tiden.

Inget märkvärdigare skulle väl kunna hända av det, ”det var ju inte precis så att Orvar skulle kunna välta en hel stad”, tyckte pannkaksmamman, medan Lisa skrattande höll med.

– Säg inte det, sa Bengtsson kort och ställde sig, fortfarande flåsande, upp för att lite mödosamt linkande gå ut mot den plats där Orvar till slut kunde få bada.

De danska måsarna skriade där, lika entonigt som de svenska gjorde hemma och lika lite kunde man förstå vad de ville, mer än att de var sällsynt ihärdiga i sina angrepp på allt som rörde sig på piren. Med ständiga utfall mot det som kunde vara något ätbart eller en helt vanlig utländsk inkräktare sköt de sina danska missiler samtidigt som de ljudligt skrek något obegripligt på ett språk för måsar. Troligen var de väldigt förtjusta i wienerbröd, eller väldigt beskyddande av sina utsiktsplatser, kanske både och.

Snart tröttnade i alla fall måsarna på de lite konstiga typerna där på piren och återgick till sina mer stillsamma göromål, som att guppa runt på vattnet tillsammans med de andra måsarna eller bara sitta på en sten och betrakta trafiken i sundet. Solen stod i topp på en, med undantag av några små och snabbt försvinande moln, alldeles klarblå himmel. Det luktade salt av tång och gamla snäckor och i den steniga strandlinjen kunde det flyta skräp eller strimmor av diesel. Allt blandade sig med doften av nymålade båtar och trädäck och det stilla dunket ifrån båtmotorer på väg ut. Det var med andra ord en alldeles särskilt fin dag för ett bad.

Uppochnedvända Bengtsson som inte riktigt orkade stå och se på något mer elände på ett tag, tog ett av wienerbröden och satte sig sen pustande ner bland en del kartonger på flaket till en vit bil som stod parkerat i början av piren. Där hade han det bra, med gott om sol, luft och lugn och ro medan de andra följde med för att se på när Orvar guppade runt bland skräp och annat som inte hörde hemma i det danska vattnet.

Glädjen var också stor hos både Orvar korvar och flickorna när han äntligen fick göra det han ansåg att semestrar var till för. Att bada. Som en säl flöt han runt bland skräpet vid piren och ömsom dök, ömsom simmade medan Lisa kastade små stenar som han skulle försöka fånga eller dyka efter. Ingenting kunde vara så mycket bättre tyckte Orvar och inte en tanke ägnade han längre åt alla tidigare missöden, som båtresan, den förlorade packningen eller uppochnedvända Bengtsson. Det var heller inget han direkt saknade från sin packning, även om den träkloss och det rep han haft med sig kanske kunde ha varit användbara i hans pågående dykförsök.

– Det här borde ni prova, sa Orvar både lite uppfodrande och sammanbitet där han låg och flöt i strandkanten. Det är inte alls så kallt som man kan tro.

– Det tror jag inte heller, sa Lisa. Men jag tycker nog det är lite för smutsigt för att bada i ändå.

– Äsch! Lite skit rensar magen, det har jag alltid sagt, lite skit rensar magen. Föresten är det bara lite på ytan, här under är det bara vanligt vatten. Kanske någon fisk också.

– Du är inte bara lite tokig du Orvar, skrattade Lisa, medan hennes enastående pannkaksmamma leende ruskade sitt hår så att hon fick det att lysa i solen som vore hon en nedstigen ängel.

Det var något alldeles särskilt förtjusande över pannkaksmamman tyckte Orvar, där hon stod med solen i håret och leende såg på honom då han guppade runt i vattnet. Ett ögonblick som kunde ha varit taget ifrån en film, där hennes (i hans huvud) betydande insats summerades till att bedårat åse hans hjältemodiga insatser för att sist och slutligen ta emot honom i sina varma armar, till tonerna av svepande stråkar och trumpeter.

Som en gudinna, tänkte han och han hade verkligen och onekligen fallit pladask för den charm och utstrålning hon hade. Både bildligt och bokstavligt skulle man kunna säga där han lite barnsligt och pojkaktigt hoppade runt i vattnet och plaskade och visade upp vilka konster och konstigheter han kunde göra för att hon särskilt skulle lägga märke till honom. Och nog var hon alldeles särskilt tålmodig också, som lät honom göra det, utan att vidare tröttna på eller skämmas över att vara i hans sällskap. Därtill hade hon en alldeles underbar dotter, en fantastisk vän, som uppskattade nära nog allt han gjorde, eller åtminstone skrattade en hel del åt hans lite tokiga påhitt.

Orvar tyckte nog att det var hans ödes lott att han funnit en så förtjusande dam att ägna sitt hjärtas uppmärksamhet åt och med det i tankarna flöt han omkring där i vattnet, stilla bland gammalt papper och tång eller gjorde piruetter eller andra konster. Saker som fick den lilla flickan att stundtals tjuta av skratt och hennes underbara mamma att leende se på och förundras över hur han kunde få hennes dotter att glädjas så.

Man kunde nästan inte ha det bättre än han hade det där i vattnet just då och han tyckte med ens att Danmark nog ändå inte var en så dum plats trots allt. Det enda som möjligtvis kunde saknas var nog den där röda korven, som Bengtsson hade pratat så mycket om. Och det var till slut också tanken på korv, i samband med att det börjat kurra ordentligt i magen på Orvar igen, som slutligen fick honom att kliva ur det lite nedsmutsade danska hamnvattnet och upp igen på piren där de båda flickorna stod.

Med en sorts plötslig efterklokhet var det heller inte förrän då han stod där på stranden, droppande av vatten, som det återigen slog honom att hans packning var borta och han inte hade någonting att torka sig med. En handduk hade absolut kommit till användning då, för att inte tala om lite torra kläder att täcka sin vinterbleka kropp med, eller lite andra ”bra att ha -saker” som han ännu inte visste om han skulle behöva eller inte. Men så var det ju, att det som var borta, det var borta och gjorde inget så länge man inte saknade det, som hans mamma brukade säga.

Efter att en stund också ha irriterat sig över tåget, packningen och alla andra runt omkring honom som inte påmint honom om packningen, besinnade han sig och fick till slut lite servetter som blivit över efter wienerbröden av pannkaksmamman. Det var då i alla fall tur i oturen för honom att hon var med så att han kunde få hjälp med sådana, för honom viktiga och trängande saker. Värre hade det varit om han skulle behöva gå på toaletten, då skulle det nog inte räcka med lite servetter, det var han säker på och inte hade han sett till någon toalett heller för den delen, inte så länge han varit i Danmark i alla fall.

Uppochnedvända Bengtsson hade han inte sett till under hela tiden han varit i vattnet. Inte sedan de med sikte på det skvalpande hamnvattnet lämnat honom ensam med sitt wienerbröd i början av piren.

Det var heller inte förrän Orvar kommit upp på land som han först och plötsligt också insåg att Bengtsson alls inte hade varit med dem, och det under en ganska lång stund. Att Bengtsson inte varit med dem på piren när han badat och att Orvar inte ens tänkt tanken på om han var där eller inte. Han hade inte sett till Bengtsson på ett långt tag och nu slogs han alltså plötsligt lite överaskande av att Bengtsson just inte syntes till överhuvudtaget, vare sig där de hade lämnat honom eller någon annanstans kring piren heller. Orvar kunde inte riktigt bli klok på vad som hade hänt med Bengtsson, gubben kunde väl inte bara gå upp i rök och försvinna ut i tomma intet. Det kunde väl inget, allt borde rimligtvis ha en orsak, men hur de än riktade sina blickar så var det ingen av dem som såg så mycket som en skymt utav Bengtsson. Sist de såg honom satt han på ett bilflak med ett wienerbröd och resten av tiden hade deras blickar varit riktade mot Orvar i vattnet utan att någon av dem kunde misstänka att någon skulle försvinna, allra minst Bengtsson som ju inte precis var känd för att vara så vidare snabb i vändningarna. Det behövdes heller inte så mycket mer än ett plötsligt försvinnande för att de gamla deckartankarna skulle börja snurra allt fortare i huvudet på Orvar. Allt måste ju ha en förklaring, för varken stort eller smått sker utan orsak och bara man hade tillräckligt med ledtrådar gick det mesta också att reda upp. Så vad var det egentligen som hade hänt?

Bengtsson hade satt sig på ett bilflak och nu var både Bengtsson och flaket borta, det var det enkla svaret. Där bilen hade varit var nu bara en tom plats, ingenting mer.

När Orvar efter en viss tankemöda till slut började inse vad det antagligen var som hänt kunde han till en början inte få fram ett ljud. Men då han också börjat förstå hur det hela hängde ihop brast han plötsligt ut i ett rungande vrål varpå det hela efter en stund övergick i den kanske inte allra klaraste falsett, då det slutligen stod klart för honom vad som alldeles säkert måste ha skett med Bengtsson där på piren.

– HERREGUD! utbrast han bestört, (för trots att han ju inte var så särskilt religiöst bevandrad använde han ibland sådana uttryck när något var särskilt anmärkningsvärt), Bengtsson har blivit kidnappad!

– Nää! Det är nog inte så, sa flickan tveksamt. Han har nog bara tagit sig en titt runt hamnen, eller så kanske han letar efter korv åt dig, eller wienerbröd.

– Klart att det är så! nästan skrek Orvar, så måste det vara, Bengtsson skulle aldrig bara ta sig en titt runt omkring utan att säga det. Någon har rövat bort honom säger jag, det är säkert det.

Även om Orvar för bara en stund sedan varit lika lyckligt aningslös som ett barn i ett lekland, så hade han på bara ett ögonblick förvandlats till det rakt motsatta.

Högröd som en dansk korv i ansiktet, av den plötsliga oron och upphetsningen han drabbats av, fäktade han med armarna och ropade och gestikulerade vilt åt allt och alla som av en händelse råkade passera förbi. Han kunde heller inte förstå varför det danska folket inte tog det han ropade om på bara lite större allvar. De passerade alla obekymrat förbi utan att lägga någon större vikt vid den katastrofsituation Orvar just upplevde. Möjligen efter att först ha kastat en blick ut mot det de borde ha uppfattat som en rätt osannolikt viftande dåre på piren. Kanske hade de också alldeles för bråttom till något, kanske skrämde han dem där han stod och viftade frenetiskt eller kanske var det så att kidnappningar var vad man brukar kalla för vardagsmat i alla andra länder utanför Sverige. Inget man fäste så stor vikt vid egentligen. Ingen tycktes heller riktigt förstå vad det egentligen var han var så upphetsad över eller varför han viftade så med armarna när han pratade. Kanske var det så man pratade i Sverige. Om man dessutom hade simmat hela vägen över sundet, vilket inte var en omöjlig tanke när man såg Orvar i sina badbyxor och ansträngda uttryck, kunde man lätt missta det för ett uttryck för okonstlad svensk glädje. Ett ögonblick av personlig triumf, som han var förhållandevis ensam om att känna.

Hur det än var med den saken så hade Orvar uppenbarligen svårt för att göra sig förstådd kring uppochnedvända Bengtssons plötsliga försvinnande. Och om det nu inte gick att få någon ur det danska folket att hjälpa honom, så fick han helt enkelt ta saken i egna händer. För vill man få något gjort ordentligt, så får man oftast göra det själv. Det fick bli en utredning av det mystiska försvinnandet på plats. Något, som för Orvar börjat bli lite av en vana i och med hans deckarambitioner. Det var inget konstigt med det, Bengtsson skulle hittas och den som eventuellt hade rövat bort honom skulle i alla händelser få sig något att fundera över, sådan var planen.

Sin lite ovanliga vana trogen ångade Orvar korvar också iväg. In på och uppför den första och bästa gata han kunnat hitta bland det myller av trånga gator staden hade, med tuggummiflickan och pannkaksmamman tätt i hälarna. Ett mysterium måste helt enkelt få sin lösning. Synd bara, kunde han tycka, att Bengtsson inte var med, han var ju annars helt oumbärlig att ha med vid den här typen av detektivarbete.

Upp längs de smala kullerstensgatorna bar det av för Orvar och de andra. Iförd bara sina ännu våta badbyxor formligen stormade han fram som om han varit på flykt från något och några förvånat överraskade människor de mötte på sin väg fick nära nog också kasta sig åt sidorna för att inte helt bli omkullsprungna av den skogstokiga svensken på kidnapparjakt.

Där de först stannade till i sin lite vådliga framfart genom staden var vid en oansenlig liten ölbutik. Inte mycket mer än en dörr ut emot gatan som inte stort vittnade om någon aktivitet mer än att det då och då gick människor först in och sedan ut igen fast då med en något större börda än innan. Inga stora fönster heller, eller skyltar som han var van vid att butiker hade och ändå kunde man inte missta sig på att det var något som såldes där. När nu inga andra fanns till hands att fråga, så var, om inte i en affär, kunde man få svar på sådant som frågor om borttappade saker eller möjligtvis en och annan gubbe som inte gick att hitta? Orvar som själv tyckte att han ändå hade ganska stor erfarenhet av att besöka butiker vid liknande situationer tog sig vant an uppgiften att fråga ut några av de personer han stötte på där inne, men de ryckte bara på axlarna och tycktes inte ha en aning om vad han pratade om. En gubbe som var hopfälld som en fickkniv, på ett flak som var försvunnet, och därtill en historia om kidnappare och wienerbröd i en enda salig röra. Det var helt enkelt för obegripligt för att kunna vara sant. Orvars osannolika utspel om händelsen fick också dem som var i butiken ett tag att tro att de alla var med i dolda kameran eller något liknande. Några av dem gick till och med misstänksamt ut på gatan och tittade efter kameror innan de skrattande gick tillbaka in i butiken. Senare skulle de förstås få flera tillfällen att berätta för hela butikens kundkrets om vilken jubelidiot från Sverige de stött på och som nu verkade springa omkring alldeles lös någonstans utanför. Tänk, Orvar hade verkligen en förmåga att roa andra utan att han själv riktigt förstod varför.

Nästa stopp var vid en souvenirbutik bara en liten bit längre upp på gatan. En sådan som säljer vykort och miniatyrer i olika storlekar av resmålet man just sett. Små byggnader och broar i keramik eller gips, tavlor av fattiga fiskare, föremål klädda i snäckor och pärlor, ljusstakar och serviser med drottningen på, till och med Eiffeltorn fast det inte ens var där de var. För en gångs skull kunde Orvar också konstatera att det här inte var en butik han borde gå in i. Han kom plötsligt ihåg hur han nästan rivit hela butiken hemma på sin egen gata och att det här med Orvar och vykortsställ nog inte var någon vidare bra kombination trots allt. Flickorna däremot ville gå in och titta en stund, så Orvar blev ett tag stående kvar utanför, utan att riktigt veta vad han skulle göra, ensam på en gata i ett annat land där ingen tycktes begripa vad han pratade om, oroligt vankandes av och an i bara badbyxorna.

Det var också där, när han tids nog hade lugnat sig så pass att han kunde börja tänka, som han kom på det.

Det handlar inte så mycket om att man letar, tänkte han, man måste veta vad man letar efter också. Söka efter ledtrådar och spår. Att bara leta efter Bengtsson i en stad bland alla andra människor och platser kan ju verka omöjligt, men om man bara visste var man skulle börja söka var man genast närmare svaret. Ett tag tyckte Orvar också att det kusligt nog kändes som om Bengtsson själv var där, som någon sorts ande som talade genom honom, i hans undermedvetna, som en röst i hans huvud. Hur skulle han annars ha kunnat komma på det där med ledtrådarna? Ibland verkade det, hur framåt han än kunde tycka att han var, som om han ändå inte hade särskilt stor tilltro till sin egen förmåga. Därför var Bengtsson på alla sätt så bra för honom och därför måste han också hittas, till nära nog vilket pris som helst.

Vilka ledtrådar hade han nu då? Uppochnedvända Bengtsson var ju utan tvekan föremålet han sökte, men han hade försvunnit i hamnen, på en bil med flak och den hade stått i närheten av piren. Vad fanns det för någonting där som man kunde behöva en flakbil till? Förutom att en gammal hopfälld gubbe med ett wienerbröd skulle ha någonstans att vila sina trötta ben.

– Vad var det för färg på bilen? frågade Orvar så snart flickorna kom ut ur butiken.

– Vilken bil? Pannkaksmamman såg frågande på honom som om hon inte riktigt visste vad han pratade om, vilket ju inte var så konstigt egentligen när man tänker på det. Hennes tankar var antagligen någon helt annanstans än Orvars då hon precis kommit ut ur en souvenirbutik och inte på samma sätt som Orvar varit upptagen av tanken på Bengtsson, åtminstone på ett tag.

– Bilen som Bengtsson satt på när han försvann såklart!

– Den var vit, svarade Lisa snabbt, jag tror den var ganska smutsig också, knappt att man såg vad det var för sort. Fast den hade ett sådant där flak där bak.

– En vit, smutsig bil. En flakbil. Det säger inte så mycket, men den skulle kunna vara från landsbygden, något jordbruk kanske. Det skulle kunna förklara varför den var smutsig.

Nu kunde han nästan se framför sig hur en upp och nedvänd Bengtsson, vilt viftande med sin lediga hand och med ett nära nog sönderklämt wienerbröd i den andra, skumpade runt på ett flak på det danska slättlandet. Milsvida åkrar, små alléer och gårdar av vitkalkade hus med halmtak skulle antagligen passeras på hans färd bort ifrån staden och civilisationen. Men hur det än var och vart färden än tog sin riktning, så skulle Bengtsson (som ju var en mer naturnära person) åtminstone få se betydligt mer av naturen där han var, och om det nu inte var fråga om ett bortrövande så var det en ganska uppmuntrande tanke. Både det att han nog måste se ganska lustig ut i sin lite annorlunda belägenhet, men också att han borde ha fått ut precis vad han kunde ha önskat av sin resa. För Orvar var det ändå inte lika muntert. Han stod bara inte ut med tanken på att Bengtsson inte var med dem där och då. I någon mening kände han ett visst ansvar för sin gamle vän och det var ju som att något fattades honom om Bengtsson inte var där. En sorts känsla av tomhet som inte riktigt gick att ta på.

– Var det något mer med bilen? frågade Orvar igen. Stod det någonting eller var det något annat på flaket? Någonting särskilt som man borde tänka på.

– Ja nu när du säger det! sa pannkaksmamman plötsligt. Det verkade liksom inte viktigt då, men nog var det väl kartonger med korvbröd. Undrar om det inte stod något om pølse också, jag har aldrig varit så mycket för pölsa jag så det är väl inget man lägger på minnet förstås.

– Usch! Pölsa! Det ser ju ut som... (Ja, en sorts norrländsk köttgröt som man inte ser ungdomar äta så ofta numera men som åtminstone äldre personer, som Bengtsson, ibland kunde visa en särskild förtjusning över.)

– Herregud! Varför tänkte jag inte på det? Här går vi och letar efter småsaker och så är det så att vi har haft det framför ögonen hela tiden.

– Vadå? frågade den lilla flickan och såg på Orvar med stora ögon, som om hon vilken stund som helst förväntade sig någon ny spännande tokighet från honom.

– Bengtsson! svarade Orvar och stack upp pekfingret i luften som för att triumferande signalera för dem alla att han återigen hade fått en genialisk tanke. Korvbrödsbilen, hamnen, där har vi det. Det är ju uppenbart!

Bengtsson hade ju berättat för honom att det brukade stå en korvgubbe i en vagn nere vid hamnen. Det var ju det som hade dragit igång allt det här och helt enkelt anledningen till att han åkt med till Danmark från första början. Dit måste bilen ha varit på väg och då kan inte Bengtsson ha hunnit mycket längre än så heller. Bilen kunde ju inte gärna vara på väg för att hämta korvbröd, när den redan var lastad, utan borde rimligtvis ha kommit till hamnen för att lasta av, allra troligast hos någon som säljer korv. Vad skulle annars en korvbrödsbil ha i hamnen att göra?

– Kanske den redan var klar med korvbröden, sa den lilla flickan, den kanske bara tog en paus innan den åkte iväg igen. Tänk om den skulle till fler korvgubbar med korvbröd, då blir det väl ett väldigt letande. Eller hur?

– Nu ska vi inte krångla till det, avbröt Orvar henne, det brukar vara den enkla vägen som är den rätta, blir det för invecklat så tappar man spåret. Vi går till korvgubben först så ser vi om Bengtsson står där och väntar, gör han inte det så får vi ändra vår strategi och ta itu med det då. Åtminstone borde vi få veta vart de andra korvbröden skulle ta vägen och hitta en ny riktning efter det. Sagt och gjort. De tre svenska vännerna traskade raskt och målmedvetet hela vägen tillbaka till hamnområdet. Orvar i täten halvt springande och halvt lunkande för att inte komma ifrån de båda flickorna som, liksom uppochnedvända Bengtsson, gjorde så gott de nu kunde för att hålla jämna steg med honom

Med Lisa och pannkaksmamman i sina sommarlätta klänningar och tunna skor och Orvar barfota i badbyxor utgjorde de en minst sagt omaka samling på sin väg tillbaka och inte en gång kunde Orvar sluta att tänka på hur det kunde ha sett ut då Bengtsson och det lite naggade wienerbrödet skumpade runt på det där flaket med hoppande korvbrödskartonger runt omkring sig. Hur han måste ha viftat på som en galning när det gick upp för honom att bilen var i rörelse och allt för snabbt dessutom för att det skulle vara möjligt att hoppa av i farten. Om han ändå hade fått för sig att hoppa av skulle han med all sannolikhet ligga med näsan i gruset på någon alldeles för obekant plats för att han överhuvudtaget skulle kunna hitta tillbaka till någon pir. Och inte skulle någon fatta vad han sa heller, med munnen full av både grus och stenar.

Vad bra det hade varit om han hade haft den där träbiten i packningen, tänkte Orvar, om inte annat så för att slå sig själv i huvudet när han nu låtit Bengtsson försvinna, eller kanske så han kunde tänka klart när han var ute på fel spår, eller åtminstone sin radio ifall någon vänlig själ kunde ha sänt ut ett meddelande om en upphittad person. Då hade han sluppit allt extra spring hit och dit. Men nu är det ju också så med Orvar att det nog inte hade hjälpt vad han än hade haft med sig, sprungit hade han gjort ändå. För som vi redan vet, var det så att när han väl hade fått för sig något, så gick han inte att hejda. Han var som han var helt enkelt och det bästa för de flesta var nog att bara följa med när det hände. För när man inte kan anpassa kon efter betet så får man helt enkelt anpassa betet efter kon. Man kan nog säga att han hade en sagolik tur som omgav sig med så sympatiska människor så vare sig rep eller träbit behövdes för att tygla hans ibland lite grumliga omdöme.

– Fick ni någon information i souvenirbutiken då? ropade Orvar till Lisa och pannkaksmamman, så att det ekade mellan de danska husen efter att de börjat gå tillbaka mot hamnen.

– Inte direkt, ropade mamman tillbaka utan att egentligen veta om han hörde henne eller inte. Om de hade sett någon viftande gubbe på ett flak så hade de nog kommit ihåg det, sa hon, och det var nog så sant som det var sagt; att det verkligen inte var en syn man såg varje dag, inte ens i Danmark.

Efter att ha gått tillbaka den från början inte så långa vägen, försökt gena några gånger genom de trånga gränderna, och sedan tvingats vända igen de flesta av försöken att göra vägen kortare, för att de varit på fel väg, kom de till slut fram till hamnen och målet för deras framfart, korvvagnen.

Ingen kunde väl ha varit lyckligare än Orvar korvar då han till slut såg den torna upp sig där på kajen och då han hänförd av den omisskännliga korvlukten värdigt men bestämt stegade fram emot den rödvitrandiga korvförsäljarvagnen. Nästan inget kunde i det läget mäta sig med den korvmåltid som hägrade för honom i det lilla korvbåset. Därtill var hungern för stor. Men minst lika lycklig om inte överraskad, som han blivit över en varm korv i det läget, blev han då han plötsligt också såg uppochnedvända Bengtsson sitta där vid korvvagnen och med en lite trumpen min titta upp på dem då de kom gående emot honom, även om det var lite förväntat att det var där de skulle finna honom igen. Det var ju dit de var på väg och Bengtsson var ju inte sämre än att han skulle fatta att det Orvar trots allt alltid återvänder till, är en plats där det luktar korv.

– Jahaja, så ni kommer nu ni, var i stort sett vad Bengtsson lite överraskat kunde få ur sig då han till slut såg dem komma gående emot honom.

Lite trött var Bengtsson också över att ha fått vänta så länge på att de skulle dyka upp och inte hade han känt att det var någon idé att leta efter dem heller, för då skulle de nog bara springa om varandra där bland gatorna och husen. Det bästa hade helt enkelt varit att stanna där vid korven för dit skulle alla nog komma förr eller senare. Bengtsson tycktes i alla fall vara helt oskadd av den händelse som Orvar målat upp som en stor katastrof. Inga sår eller skador såvitt någon av dem kunde se, inte ens munnen full med grus som kanske varit det värsta tänkbara och samtidigt kan man nog säga att Bengtsson var lyckligt ovetande om vilken kalabalik Orvar på nytt hade varit nära att ställa till med för att återfinna sin kanske bästa vän.

– Skönt att se dig, sa Orvar. Du fattar inte vad vi har varit med om för att leta reda på dig. Jag hade nog kunnat vända upp och ned på hela Danmark om du inte kommit tillrätta, (och det var i alla fall inget som Bengtsson betvivlade). Allt det här! För att få den där röda korven, det kommer du väl ihåg? Skulle det i alla fall inte sitta fint med en korv nu va, för att fira? Jag har i alla fall hunnit bli riktigt sugen på korv jag.

– Det var synd det, sa Bengtsson torrt och sakligt som om han hade ny och viktig information som inte skulle vara så rolig för Orvar att höra. Men så visste han också mer än Orvar eftersom han ju redan suttit där tillräckligt länge för att ha lite koll på läget vid korvkiosken.

– Vadå synd! sa Orvar.

– Det kanske inte är så roligt för dig att höra, men korvgubben har tagit rast, han kommer inte tillbaka förrän om en timme.

– Rast! Vem har tagit rast sa du?

– Korvgubben hör du väl! Eller har du öronen fulla med vatten.

Om allting plötsligt kunde bli väldigt roligt, så kunde det lika plötsligt också bli så tråkigt det kan bli för Orvar. Även om ju allting med Bengtsson hade löst sig till det bästa, så hade samtidigt nästan det enda han sett fram emot i Danmark med ens gått om intet och den speciella röda korven skulle antagligen få förbli en dröm om en dansk läckerhet som han plötsligt vaknade upp ur. En korvdröm som plötsligt förvandlats till en mardröm om man så vill och i det ögonblicket kunde Orvar inte längre förstå vad han överhuvudtaget hade i Danmark att göra.

– Om en timme går båten tillbaka, sa mamman också som för att späda på det tråkiga och göra det hela ännu mera omöjligt för den nu omåttligt korvtrånande Orvar.

– Man kan väl inte bara ta rast så där utan vidare, utbrast Orvar alltmer uppgiven över det faktum att korven nu verkade vara så långt borta att den var näst intill ouppnåelig.

– Det kanske finns en annan korvgubbe vi kan gå till, sa pannkaksmamman som ett försök att göra honom bara lite gladare i den värsta bedrövelsen.

– Ser du någon annan? Jag har åtminstone inte sett någon annan och ändå har vi ju redan sprungit runt halva staden här i jakten på Bengtsson.

– Vi hinner inte leta efter någon sådan nu i alla fall, sa Bengtsson lite torrt även om han innerst inne kände en viss sympati med Orvar. Själv hade han inte fått något kaffe på väldigt länge vilket ju kunde göra så att humöret började dala även på en annars så beskedlig person som Bengtsson. Vi hinner då inte leta något mer efter sådant om vi ska hinna med båten hem. Så är det. Den korven får du nog äta när du är hemma igen.

Orvar kunde inte för allt i världen förstå varför det skulle vara så galet svårt att få det han ville och för en gångs skull (eller som vanligt kanske vore mera rätt) hade han inga som helst avsikter att ge sig i den frågan. Korvgubben fick pallra sig tillbaka till sin korvvagn, så enkelt var det. Det fick vara slut med rast för danska korvgubbar om han nu inte helt sonika skulle bli tvungen att riva sig in i korvvagnen och laga sin egen korv, vilket han ju redan hade en viss erfarenhet av. Orvar ville ha korv, och det på en gång om det så skulle innebära att han aldrig mera skulle få besöka det danska fastlandet. Sedan fick det danska folket vifta med sina rödvita flaggor, eller sin drottning eller slå på stora trumman så mycket de ville. Om de nu inte kunde leverera en så enkel sak som en röd turistkorv på bästa turisttid till en utsvulten besökare fick de i någon mån skylla sig själva. Det tyckte i alla fall Orvar.

– Vad ska han ha rast nu för?

– Han kanske måste äta, sa flickan. Alla måste äta någon gång.

– HAN KAN VÄL ÄTA KORV! nästan skrek Orvar i sin lika totala som plötsligt uppkomna förtvivlan, så att nästan alla som befann sig på kajen förvånat ryckte till.

Det som sedan hände kunde likaväl ha varit hämtat ur en tecknad film och fick till och med Bengtsson att rodna lätt under sin annars lite grova och ordningsamma yta.

Egentligen borde det väl också censureras för de mest känsliga öronen. Men i korthet var väl den välkryddade svada av olämpliga ord som Orvar bjöd på en ganska lång visa om att han tyckte att danskarna nog kunde stoppa sina rödvita korvar och wienerbröd någon annan stans än där man både vanligtvis och lämpligtvis stoppar dem (nämligen i munnen), samtidigt som han i ett besinningslöst tillstånd gick lös på både möblemanget och korvvagnen så att den nästan välte där på kajen.

Mitt i sitt mer eller mindre ursinniga konfronterande av både det demolerade möblemanget och det lite ranka korvståndet, ville det sig heller inte bättre än att både pannkaksmamman, Bengtsson och några hastigt tillskyndande danskar till slut fick gripa in och ta tag i Orvar innan han helt hade ödelagt hamnens korvutbud. De tappra och beslutsamma ingriparna fick sedan hålla honom tills han lugnat sig så pass att han inte längre utgjorde någon direkt fara, vare sig för sig själv eller för den sparsamma bebyggelse han så handfast hade siktat in sig på. Det var då tur för Orvar att han hade sådana vänner, som inte drog sig för att hoppa emellan när allt höll på att gå över styr. Lite tur var det också att Bengtsson hade sparat halva sitt wienerbröd från sin vådliga bilfärd i fickan. Det gav han också till Orvar, så att han skulle lugna ner sig innan det var dags att åka båt igen, för när man har något i magen då känns livet lite lättare och alla bekymmer verkar mycket längre bort. Men lite ledsamt var det, och utan att överdriva, kan man väl slutligen ändå säga att det i alla fall inte blev så mycket korv för Orvar korvar i Danmark den gången. Det han mest av allt hade önskat, blev det ingenting av. För så är det ju med livet, det är inte alltid man får det precis som man vill ha det, ibland får man nöja sig med det lilla, som ett halvt uppätet och lite dammigt wienerbröd. Men har man vänner som man tycker mycket om, så är det ändå värt så mycket mer än alla wienerbröd i världen.

*

När det lilla sällskapet väl och till slut hade fått Orvar ombord på båten igen somnade både han och Lisa, lutade mot varandra, som två ovaggade barn som fått se för mycket på teve eller varit för mycket på tivoli, och utmattad som Orvar var efter allt han varit med om så orkade han heller inte mycket mer av sina tokiga utspel efter det.

Resten av resan blev också en mycket lugnare tillställning för dem alla. När tystnaden till slut lagt sig över Orvar och Lisa så kunde Bengtsson också äntligen andas ut, dricka kaffe och bara stillsamt lyssna till musiken av båtens ljud och tågets susande mot spåren. Utan vidare bekymmer kunde han se ut över ett passerande och dunkelt färgat svenskt landskap, smakfullt men melankoliskt klätt i sommarens skymningsljus. Han och pannkaksmamman kunde med ro samtala om allehanda saker och uppochnedvända Bengtsson kunde äntligen berätta om sina äventyr på bilflaket. Om hur han trött av sina ansträngningar hade slumrat till på bilflaket. Hur han plötsligt hade vaknat av att det rörde på sig, men att det var för sent för att hoppa av. Hur han hade ropat och viftat så mycket han kunde med den arm han inte var tvungen att hålla i sig med och hur han sedan fått sig en ganska oplanerad sightseeing genom stadens kvarter tills dess att föraren till slut, något överraskad, hade kommit till insikt om att han hade en vilt viftande fripassagerare. Han berättade om hur föraren först hade skällt ut honom för att han satt där, som om han kunde hjälpa att bilen plötsligt börjat röra sig. Och hur föraren slutligen tagit honom tillbaka till hamnkvarteret han kommit från medan han ivrigt berättat allt en människa kunde behöva veta om Danmark utan att Bengtsson egentligen förstått ett ord av vad han sagt. Det var allt roligt med semester för man visste aldrig riktigt vad som kunde hända. Ena stunden kunde man sitta stillsamt på ett tåg och i nästa så kunde man fara runt mellan både det ena och det andra. Då gällde det förstås att vara förberedd, vilket Orvar visserligen hade varit även om det nu inte kommit till så stor nytta den här gången. Och även om de nu inte hunnit se så mycket av Danmark som de kanske önskat under resan, så hade de åtminstone sett tillräckligt för att veta att det fanns mycket att upptäcka om de någon gång skulle återvända. Bengtsson kunde i alla fall konstatera att han hade sett mer än han trott att han skulle få göra då de åkte. Åtminstone beträffande gator och hus, vilket förvisso också var ett litet intresse han inte direkt delade med Orvar. Så i den meningen kunde man nog säga att de båda hade fått ut vad de själva ansåg viktigt och intressant med en resa. Orvar hade badat och Bengtsson tittat på hus, kort och gott. De båda flickorna måtte väl åtminstone ha fått sig ett gott skratt då och då, vilket nog inte var så illa när allt kom omkring. Men hur bra borta än är, så var hemma ändå bäst, åtminstone för Orvar. Allt det nya och intressanta kunde inte på långt när uppväga det som var vanligt och bekant för honom och därför var det ändå ingen överdrift att säga att han verkligen såg fram emot att komma hem igen. Trampa sina egna marker, sitta i sin egen soffa, läsa sina egna tidningar, äta mat som man förstod vad det var, höra ett språk som man kunde begripa och ibland kunna känna igen människor som man mötte på sina egna gator.

Väl hemma igen så skiljdes de också åt i den numera välkända stadsparken och fast det redan var sent så hade den svenska sommaren inte mörknat helt. En härligt fruktig doft av syren och schersmin blandade sig med den lite unkna lukten av utblommad hägg och fuktig jord. Luften var fuktig och sval och i den lilla staden hade försommarkvällen tystnat. Inga fåglar och ingen trafik störde nämnvärt det lugn som för ögonblicket rådde i parken.

Uppochnedvända Bengtsson som ju för det mesta var lite tröttare än de andra satte sig ned på en bänk intill en blommande syrenbuske medan pannkaksmamman tog fram ett vykort som hon haft i sin handväska och gav det till Orvar. Det var ett typiskt turistvykort av hamnen och piren som de nyligen sett och på baksidan stod det: *Hälsningar från Danmark,* som om det skulle påminna honom om att det var där han hade varit.

Orvar nöp försiktigt av en syrenblomma från busken och fäste den i pannkaksmammans sommarblonda hår samtidigt som han bad henne så väldigt mycket om ursäkt för alla tokigheter som han ställt till med och för att han eventuellt hade förstört deras lilla semester. För så var det med Orvar, att han hade ett samvete även om det jobbade lite långsammare än hans andra aktiviteter. Men det gjorde inget svarade hon, för så roligt som hon hade haft och så mycket som han hade fått henne att skratta hade ingen annan gjort under hela hennes liv. Lisa kunde också erkänna att hon haft väldigt roligt och även om hon nu var väldigt trött också så hade hon inget emot att göra nya tokiga saker med Orvar och Bengtsson, åtminstone så snart hon fått sova ut ordentligt. Varför inte tivoli, eller kanske åka till en djurpark, föreslog hon, men Bengtsson tyckte att de nog skulle tänka igenom den saken ordentligt, för hur det var så hade han, och säkert med rätta, vissa farhågor om vad som i så fall skulle kunna hända kring Orvar. Man behövde kanske inte utsätta allmänheten för så onödigt stora risker som det antagligen skulle innebära att släppa lös en fulkomligt galen Orvar bland en massa vilda djur. Det var i alla fall så Bengtsson såg på saken och så fick det bli. Den idén fick helt enkelt ligga i malpåse tills tiden var mogen och säkert fanns det mycket annat, minst lika tokigt, som Orvar kunde ägna sig åt under tiden.

Packningen som Orvar förlorat kom tillrätta den med. En dag fick Orvar hämta den hos polisen. Någon passagerare som hade varit tillräckligt nyfiken för att ta sig en titt i den kvarglömda väskan hade, efter att ha sett alla kablar och allt skrot och något som hade kunnat vara sprängdeg, trott att det var en bomb i väskan. Därpå hade hela insatsstyrkan snabbt varit på plats för att säkra tågvagnen och oskadliggöra bomben i en för ändamålet avsedd bombvagn. Det lilla som trots allt var kvar av väskan efter det, kunde tack vare en namndekal på väskans insida återlämnas till ägaren och med en förmaning om att ha bättre ordning på sina saker, överlämnas till Orvar i en svart plastsäck.

– Vad bra! sa uppochnedvända Bengtsson när han fick höra den uppmuntrande nyheten om den saken, den kan du ju lägga i din låda för sprängmedel.

Lite synd var det förstås att så mycket användbara saker hade gått om intet och att inte tuggummina kommit till Lisa som det varit tänkt ifrån början och såvida hon nu inte var särskilt förtjust i sammanbrända tuggummiklumpar så hade de nog gjort sitt som godis, det var åtminstone säkert.

Ett ganska bra tag efter resan behöll de tanken att det nog var lite snöpligt att semestern inte riktigt blivit som de hade tänkt, men med tiden kunde ändå både Orvar och Bengtsson skratta åt den saken och se det som att det här med semester kanske inte var någonting för dem. För även om det nog förde med sig en del goda saker att åka på utlandsresa, som att de fick se andra saker än de var vana vid och att de fick folk att skratta, så blev det inte riktigt vad de från början hade föreställt sig. Och det kunde ju kännas lite jobbigt, i synnerhet för personer med ett visst kontrollbehov eller sådana som hade en liten släng av hemlängtan.

Orvar korvar och uppochnedvända Bengtsson får ett uppdrag

En liten bit in i juli, när sommaren var som varmast hade Orvar korvar fått en idé. Semestertiden hade bedövat det lilla samhället med ro och stillhet. I stadens små planteringar trängdes utslagna tulpaner med både liljor och rosor och i trädgårdarna stod rabarbern majestätisk sida vid sida med både hallon och vinbär. I staden slumrade livet och inte lika många människor åkte heller i bilar eller sprang till sina arbeten med andan i halsen för att vara i tid. Det var en tid för vila och eftertanke och en tid för att göra andra saker än man vanligtvis gjorde när dagarna igenom inte var så fyllda av måsten. Tiden efter den förödande danmarksresan hade både Bengtsson och Orvar funnit en viss vila. De hade av hälsoskäl, som Bengtsson lite skämtsamt uttryckte det, hållit sig borta från det värsta tumultet och bara ägnat sig åt rekreation av själen. Med andra ord, promenader i och kring staden. Bengtsson hade gjort vad han kunnat för att hålla Orvar borta från alla tänkbara upptåg och de hade fått se både hus och vatten.

Ett större köpcentrum höll på att byggas i stadens utkant och det hade ett tag intresserat dem båda. Bengtsson lite oroligt irriterat över att det gamla och genuina på något sätt höll på att ätas upp av det nypåkomna och i hans mening inte vidare estetiskt tilltalande. För Orvar var det bara spännande att se att så mycket var i görningen, att se så mycket stora maskiner och folk som sprang hit och dit och skrek åt varandra genom bullret om saker som skulle göras eller flyttas. Även en liten stad måste ibland göra vissa prioriteringar för att inte hamna i utvecklingens kölvatten och den här gången skulle stadens innevånare, hur konstigt det än kunde låta, få lära sig att göra stora inköp i stadens utkant istället för i de små butiker som redan fanns. Något som Bengtsson tyckte var en förfärlig tanke, men som Orvar i sin vanliga belägenhet inte hade så klara åsikter om. Intresset för nybyggnationen varade heller inte särskilt länge för någon av dem. Bengtsson som ju var lite tröttare till naturen kände en mycket större lust till att vilsamt betrakta naturen från en parkbänk vid en fågeldamm, medan Orvars prioriteringar och den idé som plötsligt kommit över honom, allt mer också hade kommit att kretsa kring hans allra närmaste miljöer.

Orvar hade nämligen de senaste dagarna läst i någon av alla sina tidningar om hur man rensar i röran och får ordning på sitt liv och sin tillvaro. Han skulle mycket lättare kunna hantera saker och ting om inte allting låg vida spritt runt omkring honom, stod det. Dessutom skulle det av förklarliga skäl bli betydligt lättare att ta sig fram mellan köket och vardagsrummet om det inte överallt låg travar av tidningar och annan skit, som Bengtsson nog lite väl frispråkigt skulle ha uttryckt det.

Sant var det i alla fall att inget är så förödande för kreativiteten som en salig röra där inget går att hitta när man behöver det som bäst.

Nu fanns det dock två helt vardagliga skäl till att han ville få lite mera ordning: Det ena var att när han nu låtit skylten med detektivbyrån komma upp på dörren ville han att det skulle se lite mer ut som en detektivbyrå också, eller i alla fall en sorts illusorisk sambandscentral där han kunde utstråla en viss trovärdighet i mötet med eventuella kunder. Det andra skälet var att om han nu någon gång skulle råka få det där gyllene tillfället att bjuda hem pannkaksmamman på te eller något annat, så kunde det inte ske hur som helst. Det krävde åtminstone en viss anständighet och hans lite oansenliga lägenhet kunde bara inte se ut som ett veritabelt bombnedslag längre. Ett ”hej kom och hjälp mig” utan riktig mening eller slut. Det här med dambesök var verkligen inget man borde ta för lätt på och det krävde åtminstone en viss uppoffring av Orvar att se över det yttre. Så därför tog han sig också an städningen av sin lilla bostad med både det liv och den lust som antagligen bara en sådan som Orvar skulle kunna uppbringa.

Utan att han egentligen hade hunnit klä sig tog inspirationen en dag som sagt plötsligt över, och iförd bara kalsonger och en solkig, urtvättad gammal t-shirt med något uppmanande tryck från någon hälsoorganisation, skred han, med sin som vanligt ganska maniska impulsivitet, omedelbart till verket.

Uppfylld av sin nya idé formligen sprang han av och an mellan rummet, köket och hallen och flyttade saker utan att det egentligen blev någon skillnad, bara att sakerna blev svårare för honom att hitta än innan (då han på något outgrundligt sätt visste var det mesta redan fanns). Några av småsakerna hamnade i därtill avsedda lådor och boxar, andra hamnade där det fanns plats, i byrålådor, kökslådor, men också på golvet i badrummet så att det nätt och jämt gick att ta sig fram till det man av nöden var tvungen att uppsöka där inne. Buntarna av tidningar sorterade han omsorgsfullt in i stora papplådor som han märkte upp med ARKIV-MATERIAL. På så vis skulle verkligen ingen kunna ta miste på hans ambitioner beträffande detektivbyrån. Tidningslådorna fick sedan bilda fondvägg i vardagsrummet jämte ett lågt bord och hans lite slitna läderfåtölj för eventuella klienter. En stor världskarta som han länge haft liggande utan att den kommit till användning, fick slutligen täcka över tomheten och de lite slitna tapeterna på den enda återstående väggen och fick därigenom också kröna hela hans utsmyckning av mottagningen på detektivbyrån.

En karta över hela världen var väl att ta i kunde han tycka, särskilt som deras egen oansenliga stad inte ens fanns med, annat än att man med en stor portion fantasi kunde anta att den fanns där, någonstans mellan några lite större prickar som väl hade haft större betydelse för den som en gång ritat kartan. Att den var från slutet av sjuttiotalet och vissa länder inte ens fanns då kunde väl spela mindre roll tyckte Orvar. Vem kunde väl bry sig nämnvärt över att Jugoslavien inte längre var Jugoslavien eller att man inte kunde hitta vare sig Estland, Lettland eller Litauen hur mycket man än koncentrerade sig på det. Kartan gjorde i alla fall sitt jobb och gav lite färg åt rummet, mest blått och det kunde man inte ha något emot om man gillade den färgen. Det mesta av Sovjetunionen dolde han ändå varsamt under ett ganska nyligen förvärvat vykort med danmarksmotiv, för att inte uppmärksamheten så mycket skulle dras till kartans eventuella brister och felaktigheter.

När det mesta i lägenheten var diskat, bortplockat och gömt, ordnat, systematiserat och arkiverat, och det gick att bekymmersfritt ta sig fram genom rummen, bortsett från badrummet som man väl bara behövde uppsöka i nödfall, kände sig Orvar korvar ändå ganska tillfreds med vad han åstadkommit. Han satte sig ned en lång stund i fåtöljen som numera var avsedd för klienter och bara såg på rummet. Han kunde knappt känna sig mer nöjd med att vara Orvar, och precis som då de flesta som tapetserat ett rum för första gången med stolthet betraktade sin skapelse, kunde han inte hjälpa att han lite uppblåst både log och suckade fastän ingen annan var där och kunde bekräfta honom. Ordningen var fulländad och allt var på en därtill avsedd plats. Det var precis den ordning och struktur som Bengtsson skulle gilla och samtidigt så rent, prydligt och presentabelt att han inte nödvändigtvis skulle behöva skämmas vare sig inför presumtiva klienter eller pannkaksmamman. Det enda som kunde saknas var väl just kunder, för inte ens en i hans mening numera förhållandevis väletablerad detektivbyrå med karta och allt kan väl vara utan något knivigt fall att lösa.

Just som han satt där som allra bäst i sin fåtölj och drömde sig bort i en dimma av amerikanska deckarserier han sett i sin barndom ringde det passande nog på dörren.

Det var inte någon lång ringning, eller särskilt allvarsam och han förstod genast på den korta och lite orkeslösa signalen vem det kunde vara. Bengtsson!

I sin lite krökta framtoning fick Bengtsson såklart anstränga sig lite extra för att nå upp till ringklockan och därför blev signalen inte heller särskilt lång. Det mest uppenbara i hur han kunde veta vem det var som ringde på, var trots allt att det just inte var några andra som överhuvudtaget ringde på eller besökte Orvar. Det var mest Bengtsson och vid några enstaka tillfällen hans mamma, men till skillnad från hans så var hennes påringningar långa och utmanande. Så det krävdes som sagt inget stort skarpsinne för att inse att det var just Bengtsson som lite mödosamt gjorde sig till känna genom att ringa på dörren.

I samma ögonblick som uppochnedvända Bengtsson klev in genom dörren var det också som om han direkt tappade orienteringen och inte riktigt visste var han befann sig. Han såg sig omkring som om han var osäker på att han klivit in i rätt lägenhet, så stor var skillnaden efter städningen. Och inget fikabröd hade han med sig heller, fastän köket numera var skinande rent och alldeles redo för ett ordentligt kaffekok, helt i Bengtssons smak. Istället stod han först bara tyst och med gapande mun då han betraktade allt det nya med Orvars lägenhet. Kartan, kartongerna, de tomma golven och ett kök som det gick att sitta i. Det var som om ett helt nytt hus hade byggts under fötterna på honom och han kunde först knappt få ur sig ett ord som på ett tillräckligt bra sätt kunde beskriva den både förvåning och överraskning han kände just då.

– Herregud! Vad har du gjort med lägenheten? utbrast Bengtsson när han till slut hade hämtat andan efter den första och mest uppenbara chocken. Har mamma varit här och städat åt dig?

– Nej, det har jag gjort alldeles själv, sa Orvar med samma stolthet i rösten som hos ett barn som just lärt sig cykla, visst blev det bra?

– Men varför har du lagt så mycket tid på det?

– Vadå! utbrast Orvar lite sårat över att Bengtsson inte gjorde någon större sak av det. Såg du inte skylten? En detektivbyrå måste väl ha ett riktigt kontor så man kan ta emot kunder. Jag har städat lite nu, så att det förhoppningsvis ska kunna bli lite mer spaningar framöver.

– Jag ser det. Och en karta har du fått upp också.

– Javisst! Den är lite gammal förstås, men det är det nog ingen som märker, ingen större skillnad där inte.

När Bengtsson efter lite krånglande med att hitta allt de kunde behöva till slut ändå hade fått sig lite nykokt kaffe, satt de båda en stund och förundrades över tillvaron i Orvars lägenhet. Orvar i sin slitna gamla soffa och Bengtsson djupt nedsjunken i klientfåtöljen. Bengtsson var uppenbart förundrad över att han plötsligt såg så mycket av golvet och Orvar över att han ju såg så mycket mer av Bengtsson när det inte var så mycket bråte i vägen, och samtidigt kunde ingen av dem låta bli att tänka på att det nog var bra det här med städningen så länge ingen behövde gå in i badrummet (där det mesta som inte syntes numera låg).

Under en ganska lång stund vilade sedan en både stolt och förundrad ödslighet över rummet där de båda männen satt och ömsom skrockade lite för sig själv mellan kaffeklunkarna, ömsom såg på varandra och på den nystädade detektivbyrån och ingen av dem tänkte längre så mycket på detektivarbete heller, när det återigen plötsligt ringde på dörren.

En gäll och beslutsam ringning, inte alls som då Bengtsson ringde på, utan med mera tryck i ansatsen som om den verkligen ville något och eftersom de inte väntade sig några besökare så här tidigt på säsongen (detektivbyråns säsong som ju egentligen bara varat i några timmar så här långt) så stod de båda männen både handfallna och stumma. De såg på varandra som om de båda ville att den andre skulle säga vad det var som ringde på dörren och därför blev de först bara stående utan att någon av dem riktigt visste hur eller vad de skulle göra. Ingen visste vem det kunde vara och ingen kunde heller riktigt tro på tanken att någon som ville ha deras detektivhjälp redan skulle ha hittat dit. Ännu en gång ringde det. Hårt, gällt och lika märkbart länge som första gången hann det också ringa innan de båda till slut tycktes vakna till ur sin plötsligt uppkomna förvirring.

– Ska du inte öppna? sa Bengtsson som för att bryta den stunds förvirrade tystnad som uppstått.

– Vem kan det vara då? Kanske pannkaksmamman!

– Ja, inte vet jag, men det verkade bestämt, sa Bengtsson.

– Jag väntar inte något besök vad jag vet. Kan det vara polisen?

– Polisen! Vad skulle de till dig och göra? Du har väl inte gjort något.

– Jag har varit till Danmark, med en bombväska, eller det var det ju inte, men det kunde ju inte polisen veta. Orvar skruvade lite på sig som om han plötsligt kände på sig att något obehagligt var på väg att hända, något som gjorde att det både var tillräckligt spännande för att öppna och samtidigt tillräckligt obehagligt för att låta bli.

– Vilken tur då, att du har städat, det kan man nog säga.

Det var också först efter att den långa spända tystnaden som uppstått emellan dem upphört som det plötsligt gick upp för Orvar att han fortfarande stod i kalsongerna. Om det nu var poliser eller vad det kunde vara så var det i alla fall ingen vidare vacker syn att se Orvar klädd i nästan ingenting och lika obeslutsam som han var över den ringande dörrklockan, lika handfallen var han över vad som skulle kunna skyla hans belägenhet.

Bengtsson hade nog, om han erkände det, inte ens tänkt på det där med kalsongerna, då han ju var ganska van vid att se honom i alla möjliga kläder. Men Orvar, som plötsligt hade insett att det inte var riktigt passande, rev som hastigast åt sig vad han för tillfället råkade ha till hands; en handduk som han drog om sig som en exotisk orientalisk kjol.

När det för tredje gången ringde, mer bestämt än tidigare (i tre rappa signaler), gick Orvar till sist lite motvilligt och öppnade.

Efter en stund kom han också tillbaka in i rummet, i sällskap av en ganska välklädd dam, inte allt för gammal, men inte helt ung heller. Hon var klädd i en tunn, ganska färgglad dress av äldre modell, en sådan som skulle passa bra ihop med kartan, gulrödgrön med breda axlar och kort i midjan som det skulle vara, förr.

Det som var särskilt anmärkningsvärt var hennes skor. Röda som det röda i Danmarks flagga och med klackar så höga att om hon skulle trampa genom golvet så skulle de nog behöva ducka i våningen under. Det måste med andra ord ha krävts en ganska stor ansträngning för henne att bara ta sig dit, så då bara måste det vara väldigt viktigt också.

Bengtsson som först inte förstod att det rörde sig om en klient, deras första, såg heller ingen direkt anledning att genast resa sig ur klientfåtöljen och en kort stund var det därför helt tyst i rummet innan Bengtsson till slut insåg ärendets natur och såg till att hon fick sitta ner i den för ändamålet ditställda fåtöljen. Väl nedsjunken i stolen blev hon dock en ganska egendomlig syn, inte alldeles olik den då Bengtsson först satte sig däri. De höga skorna gjorde att hennes ben sköt i höjden så att hon nästan satt på ryggen i fåtöljen och då hennes lite för korta kjol inte närmare tillät den typen av sittställning utan att verka konstig på riktigt, valde hon ändå att istället ställa sig igen innan hon på allvar kunde berätta om sitt lite prekära ärende.

– Jag har väl kommit till detektivbyrån? sa hon osäkert, medan hon lite tveksamt såg sig omkring bland Orvars samlade bråte.

– Javisst, svarade Orvar genast, vi löser det mesta som går att lösa. Det där sista hade han inte tänkt igenom så noga, men det lät bra och inget hindrade att de gjorde ett försök oavsett vad det rörde sig om.

– Det hoppas jag. Jag hade vägarna förbi och så såg jag skylten och tänkte att det ju var några frågor jag ville ha svar på. Tar ni sådana fall?

– Det beror på, sköt Bengtsson in, som ju var lite mer realistiskt lagd än Orvar någonsin hade visat sig vara.

– Det hela kräver förstås en viss diskretion, om ni förstår vad jag menar.

– Jaja, sa Orvar otåligt, kläm fram det nu. Vad är det ni vill att vi ska göra?

– Jag vill att ni spanar lite på min man, det är inget särskilt svårt jobb, ni får femhundra för det.

Till en början kändes det inte riktigt bra för någon av dem att spionera på någon överhuvudtaget vare sig det var någons man eller kvinna. Det var lite som att lägga sig i någons privatliv och på det hela taget ett ganska olustigt tilltag. Men när allt kom omkring så hade en detektivbyrå ganska lite att göra med personernas relationer, utan mer ett intresse för att utföra de uppdrag som klienterna gav dem och dessbättre var redo att betala för. Och hur det än var så hade de ju en gång utgett sig för att utföra alla uppdrag, så då var det lite sent att börja backa på den punkten när klienterna väl hade kommit. Pengarna var det i alla fall ingen tvekan om att de kunde få användning för och en femhundring var ju inte precis måsskit i ett fattigt hushåll.

– Kör för det, sa Orvar sedan, vad ska vi göra?

– Jag vill påminna om att vi är två, sa Bengtsson hastigt, så då blir det åtminstone två femhundringar för jobbet.

– Ok! sa damen med platåskorna. Ni får femhundra i vilket fall för att ni tar jobbet och sedan femhundra till om ni kommer fram till någon användbar information.

Orvar kunde inte föreställa sig vad han hade gjort utan uppochnedvända Bengtsson. Orvar var nog impulsiv och kreativ, men då det gällde det praktiska och mer jordnära, för att inte tala om det ekonomiska, så var Bengtsson som alltid just precis vad en sådan som Orvar kunde behöva. Det är nog heller inte så svårt att föreställa sig med vilken svårighet Orvar faktiskt dolde ett leende den stunden han insåg vilken tillgång Bengtsson faktiskt var, och att han med rätta tänkte, där och då, att han hade den bästa vän och kompanjon en man av hans natur rimligtvis kunde ha. I den bästa av världar kunde man inte önska sig mer, så var det bara.

– Vad är det ni vill veta? frågade Bengtsson.

– Nu är det på det viset, fortsatte damen samtidigt som hon svalde för att inte gråten skulle komma upp i halsen på henne, att jag och min man har varit gifta i snart tjugo år och aldrig har han betett sig konstigt eller annorlunda förut. Vi har varit lyckligt gifta och det är inga som helst problem med kärleken för min del, men den sista tiden har han varit lite konstig, min man. Han verkar lite mer hemlighetsfull och så är han borta så väldigt mycket, mycket mer än förut. Visst, han har sitt jobb och så, men han är borta mycket mer än så och så skyller han på alla möjliga saker. Träffa den och den och göra si och så och jobba över och över. Han har aldrig jobbat över så förut. Alltid har han varit hemma i tid, men nu har han knappt tid att äta middag tillsammans. Det är nu inte så att jag vill misstänka att han gör något dumt eller så, men han verkar så konstig så jag kan helt enkelt inte låta bli att undra. Ja, ska jag vara helt ärlig så tror jag minsann att han har något annat fuffens för sig och det är det jag vill att ni ska ta reda på.

Här var de två männen tvungna att gå lite avsides och diskutera hur de skulle göra. Pengar var ju pengar, men att de skulle spionera på hennes man kändes ändå lite sådär. De förstod ju att hon var orolig, men vad hon säkert trodde och också menade var antagligen att hennes man inte ville nöja sig med att bara ha en fru utan dessutom ville ha en annan vid sidan av så fort han fick chansen och vad de i så fall skulle göra med den informationen visste de inte riktigt än. De ville ju hjälpa henne men inte göra henne mer ledsen än hon redan verkade vara.

Medan damen med platåskorna tålmodigt väntade i deras klientfåtölj, kliade de båda männen sina inte längre så håriga huvuden i köket medan de tyst försökte komma underfund med vad de skulle göra åt saken. Om de nu spionerade på mannen i fråga och det var sant som hon befarade så skulle hon bli ledsen och säkert mannen också. Om det inte var som hon trodde så skulle hon bli lättad, men han säkert upprörd över att ha blivit spionerad på och deras roll skulle hur som helst vara den utlösande faktorn. I någon klassisk mening var det alltså precis som att hur de än vände sig i frågan skulle de komma att ha rumpan bak, och hur de än vred och vände på frågan skulle någon komma att känna sig sårad eller ledsen och det var ju inte riktigt vad de från början hade tänkt med sin lilla verksamhet. De ville ju vara det godas beskyddare, Guds gåva till mänskligheten och då kunde man ju inte gå omkring och göra människor ledsna. Lite arga och uppretade kunde folk få bli så länge man gjorde det rätta, sådant brukade ändå gå över med tiden. Men ledsamheter, det var inte lätt för vare sig Orvar eller Bengtsson. Hur det än var med den saken så satt ju skylten uppe på dörren som en signal om att de utförde nämnda jobb och då hade de en skyldighet gentemot kunden vem det än kunde vara. Så var det att ha en detektivbyrå. Man inte kunde låta sina egna känslor styra, utan uppdraget var det jobb man hade, oavsett vilka konsekvenser det skulle kunna få. Dessutom enades de båda om att de säkert skulle kunna göra något roligt av det tråkiga, åtminstone var det vad Bengtsson tänkte sig att det skulle bli när väl Orvar kom i sitt mer normala tillstånd av euforisk mani.

– Vi tar jobbet! sa Bengtsson då de kom tillbaka efter sin lilla överläggning. Vad är det du vill att vi ska göra?

Damen med platåskorna såg lite mer lättad på de båda männen, även om de inte såg det minsta trovärdiga ut där de stod, för hon tänkte att de nog trots sin begivenhet kunde bringa lite klarhet i hur det var ställt och åtminstone var ingen av dem det minsta känd av hennes man, vilket ju betydde att han troligen inte skulle misstänka något heller. Ja, vem skulle väl överhuvudtaget kunna misstänka dessa två, för övrigt lite halvknäppa personer, för att ha något samröre med ens fru. Tanken var helt enkelt för befängd för att ens vara i närheten av realistisk.

Ett foto av hennes man, tillsammans med ingående instruktioner om var hon bodde och var hennes man jobbade, fick de också. De skulle undersöka vart han tog vägen om dagarna, om det var som han sagt att han jobbade över, eller om han tog vägen någon annan stans och så skulle hon återkomma om någon dag så de kunde avlägga rapport. Det kunde knappast vara en-

klare än så, och mer lättförtjänta pengar än dessa fick man sannerligen leta efter.
Då damen med platåskorna till slut hade gått, efterlämnande några ordentliga spår av klackar i hallmattan, så jublade de båda männen ändå i tysthet i den numera välstädade lägenheten. Det började verkligen ta sig för deras lite udda detektivbyrå. Det fick de ändå erkänna.

*

Nu då de fått ett riktigt fall att jobba med skred de båda till verket med all liv och lust man ändå kunde förvänta sig av de båda ganska nyblivna detektiverna. Orvar flängde runt i lägenheten efter några passande kläder, för man kan ju inte gärna gå i kalsongerna om man vill vara alldaglig och passa in i mängden. Ett par i Orvars ögon vanliga men ganska vida byxor och därtill en keps med texten, ***I Love Visby***, var det mest normala Orvar kunde uppbringa ur sin något tunnsådda garderob. Han hade egentligen aldrig varit i Visby, men det spelade mindre roll i sammanhanget, huvudsaken var att man inte stack ut för mycket utan smälte in i mängden på ett bra sätt. Och även om det inte var helt tidsenligt och praktiskt så var detta ändå hans uppfattning om hur man smälte in. Bengtsson i sin tur hade den gråa kavaj, den hatt och de byxor han alltid hade haft, så alldaglig och praktiskt lagd var han.

För att riktigt på allvar gå in för detektivarbetet krävdes dock en hel del andra detaljer. De skulle till att börja med synkronisera sina klockor, inte för att det behövdes när de hela tiden var tillsammans, utan mer för att det kändes rätt att göra så.

En diskret liten anteckningsbok var däremot alldeles nödvändig för att kunna skriva ned viktiga iakttagelser och liknande. Likaså en tidning med några urklippta hål så att man kunde låtsas läsa tidningen samtidigt som man också hade uppsikt över föremålet man skulle spana på. Vilken tur då att Orvar hade så gott om tidningar att det både räckte och blev över.

Det här var väl saker som ingick i detektivens standardutrustning, jämte ett förstoringsglas, en komradio (som de inte hade och därför fick klara sig utan) och en kamera för att dokumentera det de eventuellt skulle komma att se som var av någorlunda bevisvärde. I kameraväg fick det bli en gammal Instamatic (utan film) som han en gång fått i gåva av en gammal släkting som ansåg sig för gammal för att ha någon användning för den längre. Den stora huvudsaken var ändå att det kändes rätt. Något annat som verkligen skulle behövas var ett par solglasögon så att man kunde se utan att synas. Och då var det ändå rätt synd att de enda solglasögon han haft hade sprängts upp av en polispatrull tidigare under sommaren. Det fick helt enkelt bli ett par nya i närbutiken så fort de hade vägarna förbi. Det var med andra ord mycket som skulle stämma och lite som kunde förbises, och som vanligt var det väl också så i deras planerande att uppochnedvända Bengtsson var den som hade lite bättre koll på läget och Orvar korvar bidrog som alltid mest med energin och viljan. Orvars vilja gick det heller inte att ta miste på. Så snart han kommit över det lilla hindret med parets eventuella känslor kring deras spionerande så for han som vanligt runt som en desillusionerad vårvind i jakt på allt han kunde ha användning för i samband med deras nya fall. Till och med Bengtsson roades av hans lite dåraktiga framfart då det gällde detektivbyråns alla detaljer.

Redan nästa morgon skred de till verket och även om de, av naturliga skäl bemöttes med en viss misstänksamhet i närbutiken, så kom de därifrån med ett par knallgula solglasögon av barnmodell. Det var väl inte det bästa de kunde hitta, men de var åtminstone billiga och de ville inte uppehålla sig någon längre stund med att prova olika modeller heller, så Orvar fick helt enkelt nöja sig med dessa.

Om man nu kunde tro att detektivarbete är någon lätt sysselsättning så stämde det inte riktigt in på de båda männen. Och även om de båda själva nu tyckte att de smälte in bra utan att väcka uppmärksamhet så var det inte riktigt vad man skulle tycka som utomstående betraktare. Troligen var de lika uppseendeväckande som ett fyrtorn i ett annars mörkt hav, en vårdkase om natten eller en katt bland hermelinerna där de patrullerande vandrade kring villaträdgårdarna i närheten av parets adress.

Väl posterade utanför platåskokvinnans lilla villa så kunde de med andra ord inte ses som något annat än två något udda fåglar. Orvar i sin visbykeps och lite för små solglasögon, och Bengtsson som med någon sorts påtaglig nyfikenhet tycktes titta ner i marken hela tiden. Inte ens då de försökte dölja sig bakom en av Orvars gamla tidningar med hål i kunde de försvinna i mängden, särskilt då gatan också var helt tom på folk i övrigt. Men nu var det så med Orvar och Bengtsson att om de nu hade tagit sig an något så var det bara att köra på och de hade som sagt mera av lusten än förmågan. Man kan nog utan att överdriva också säga att detta var en detalj som kvinnan med platåskorna helt hade förbisett. Att det fanns bra och mindre bra detektiver. Men då kvinnan inte tycktes ha någon större erfarenhet av tidigare detektivbyråer så kunde hon inte så noga veta vad det var hon gav sig in på heller. Och då överenskommelsen redan var gjord så fick det bli som det blev med den saken. Orvar och Bengtsson gjorde i alla fall vad de trodde var det bästa, att stå kvar där de stod i sina illa imiterade deckarmanér till dess att någonting äntligen hände, vilket heller inte skulle komma att dröja särskilt länge.

Då mannen som de hade i uppdrag att spana på och som de tidigare bara hade sett på bild, till slut klev ut genom grinden till villans gård, var det ändå som om han inte riktigt tog någon notis om de konstiga figurer som stod en bit bort. Kanske såg han dem inte eller så framstod de som så komiskt märkliga för honom att han inte ville uppehålla sig vid dem med risk för att dras in i något han inte hade tid med. För hans del fick det hela därför bero och han vandrade som vanligt vidare mot sitt arbete, fastän numera med två ganska besynnerliga skuggor som inte helt osynliga följde honom på lite avstånd.

Utan vidare efterforskningar än att de långa stunder fick stå och vänta i gathörn och på näraliggande kaféer, till Bengtssons stora glädje, kunde de också konstatera att mannen större delen av dagen (antagligen) befann sig på sitt kontor. Därefter gjorde han ett ganska långt stopp på en verkstad innan han slutligen gick hem igen.

Nästa dag upprepades proceduren rutinmässigt, och likaså nästföljande dag. De väntade tålmodigt på mannen utanför hans bostad, följde honom vart han än gick och förde för säkerhets skull anteckningar i den lilla anteckningsboken, men inget märkvärdigare tycktes hända än att mannen faktiskt var på jobbet. Det enda som inte tycktes stämma var att han varje dag behövde gå den där extra turen till samma verkstad och stanna där i fyra till fem timmar innan han gick hem. Ingen kunde väl behöva stanna så länge på en verkstad när man i själva verket jobbade på kontor. Något som ännu mer förbryllade dem var att han ju inte tycktes ha någon bil. Varje dag gick han till jobbet, han tog inte bilen som de flesta i villaförorterna brukade utan han gick kort och gott. Om han nu inte hade bilen med sig, vad i hela världen hade han då i en bilverkstad att göra? Ingen bil, inget att laga. Han stannade väl inte bara till för att dricka kaffe, i flera timmar, varje dag?

– Det kanske är ett villospår, sa Bengtsson skarptänkt som han var, han vet antagligen att han är skuggad och därför går han dit för att vi ska tro att han lagar bilen.

– Du är klok du, sa Orvar som inte ens hade tänkt på den saken, det kanske är bäst att vi tar en dags paus så att vi inte röjer oss helt. Om han nu har sett oss kanske det inte dröjer så länge innan han börjar fatta misstankar och då är ju alla spaningar förgäves. Förresten så jobbar väl inte ens detektiver varje dag i veckan?

Det blev som de sagt och en dag utan spaningsarbete, men en dag då de istället fick tillfälle att göra lite andra saker.

De fick avlägga en första rapport till damen med platåskorna, om hur hennes man hade varit på sitt arbete och sedan tagit vägarna förbi en verkstad innan han gått hem. Tacksamt lättad bestämde hon ändå att de skulle fortsätta ett par dagar till med spaningarna och därefter betalades den första femhundringen av arvodet också avtalsenligt ut till de glada männen.

När de nu hade fått sin första lön såg de heller ingen anledning att spara den till senare behov utan beslöt sig för att genast sätta sprätt på densamma och fira med att fika på det provisoriska utekafé som man ställt upp i parken jämte den lilla fågeldammen, som nära nog vuxit igen av näckrosor och alger.

Trots att både häggen och syrenen sedan länge hade blommat ut och blommen nu istället hängde som molokna klasar i sina buskar var det ändå grönt och prunkande i parken, så som det bara kunde vara på sommaren. Solen var hög och värmande och surret av bin och humlor fyllde luften omkring dem. Det var helt enkelt en lugn och rofylld dag för både Orvar och Bengtsson och alldeles särskilt roligt blev det också då pannkaksmamman och hennes tuggummiflicka Lisa precis promenerade förbi och beslöt sig för att stanna en stund med dem på caféet.

Så väldigt roade det Orvar att de båda flickorna hade råkat komma förbi att han under en lång stund inte fick fram ett ord, än mindre ställde till med någon oreda i vanlig bemärkelse. Han kunde mest se på de båda damerna och le på ett, för dem, lite drömskt och frånvarande sätt, som väl bara han och Bengtsson kunde förstå. Det passade ju också Bengtsson ganska bra för då fick han för en gångs skull dricka kaffe utan andra störande inslag. Åtminstone ett litet tag.

– Synd att du inte hade badbyxorna på dig för då hade du kunnat bada, sa Lisa sedan, och så plötsligt också att det tycktes väcka Orvar ur hans lite drömmande tillstånd.

– Bada?

– Ja, du hade kunnat bada här och så kunde jag och mamma titta på, precis som i Danmark.

– Det hade allt varit något det, svarade Orvar skrattande samtidigt som han såg ner på fåglarna som simmade i dammen. En korv med bröd hade inte heller varit så dumt det, tänkte han också som en följd av att

Danmark nu hade kommit på tal, och eftersom det hade börjat kurra ganska rejält i magen på honom av allt deckararbete och de för en gångs skull hade pengar så det räckte, så var det hög tid för något att äta.

Rask som han var i sina vändningar när han beslutat sig för något, så var han med ens också uppe och framme vid kaffebaren för att beställa en korv till både sig och Lisa, som för att bjuda igen lite för senast.

Men nu var det ju så, att hur sugen Orvar än var på korv så kunde han inte hindra det faktum att man på just den serveringen inte fick servera korv med bröd. Man fick servera kaffe och därtill hörande tilltugg. Men det sa bestämmelserna noggrant och tydligt att dit hörde inte korv. Punkt. Och därför blev det också, lite som väntat, ett väldigt rabalder i serveringen när Orvar ville ha en korv till kaffet fastän deras bestämmelser tydligt sa att korv inte var något kaffebröd. Innan det hela var över var det också väldigt nära att det hela utvecklades till en historia av danmarkskaliber.

– HERREGUD! nästan skrek Orvar, när alla andra argument till slut verkade ha försvunnit vid kaffebaren, så att det hördes över hela parken och lite till. Korv kan man väl ha till allt, det är väl ett fritt land. Tacka vet jag Danmark! Där kan man äta korv jämt, nästan.

Det som till slut krävdes för att lugna ner honom där han utsiktslöst stod och gapade för sig själv, var att pannkaksmamman dök upp vid kaffeserveringen och köpte honom en glass för att avstyra det som annars och i vanlig ordning kunde ha blivit ett totalt kaos. Och det var tur det för när de sedan satt där och åt glassen hon köpt, så fick de berätta om vad de hade för sig för tillfället; om fallet, om spaningarna och om kontorsmannen på verkstaden. De kunde ju inte begripa varför han rände på en verkstad var eviga dag när han egentligen jobbade på kontor och inte hade någon bil att reparera och egentligen också borde förstå att hans fru nog skulle undra samma sak som de gjorde när han inte kom hem från jobbet som han vanligtvis alltid hade gjort.

– Ni tror inte att han har ett extrajobb då? sa pannkaksmamman. Att han stannar där fyra timmar varje dag låter ju lite som att han jobbar extra med något. Han kanske behöver lite extra pengar helt enkelt.

Den tanken hade aldrig riktigt slagit dem och de båda männen kände sig ett tag också löjligt påkomna med att de fortfarande levde i tanken att kontor och verkstad i någon verklig mening var oförenliga. Att en som jobbade på kontor inte samtidigt kunde jobba på en verkstad och vice versa. Hon hade plötsligt fått dem att vakna upp ur sin lite stereotypa föreställningsvärld och en lång stund bara såg de på varandra i tyst samförstånd om att det här nog var ett spår de måste följa upp.

Det var klart att det kunde vara så, möjligen hade han ont om pengar eller så var han bara i stort behov av att komma hemifrån. En sak var i alla fall säkert. Pannkaksmamman var i särklass något alldeles extra, det var de rörande överens om utan att något mer behövdes sägas om den saken.

– Han kanske jobbar på en hemlig uppfinning, sa Lisa, en sådan där framtidsmaskin som man kan åka tillbaka i tiden med. Till dinosaurierna.

– Så är det nog, sa Bengtsson och skrattade. För vilka skräcködlor mannen än hade att tas med så var nog frun med platåskorna den som låg närmast till hands för honom att oroa sig för och hur det än var så borde de snarast ta tag i den saken så att det hela fick en så bra lösning som möjligt. Dessutom behövde Orvar få någonting annat att göra som fick honom att sluta tänka på korv ett tag.

Sagt och gjort. Så snart som som glassen var uppäten och kaffet var slut återupptog Orvar korvar och upp-ochnedvända Bengtsson sitt uppdrag och för att skippa alla mellanled så hoppade de genast till den punkten som verkade vara mest avgörande för fallets upplösning; extrajobbet på verkstaden.

Något som däremot för ett ögonblick gjorde Orvar lite nedstämd, var att han inte hade tagit tillfället i akt och passat på att bjuda hem Lisa och pannkaksmamman på fika, som han först hade planerat, innan allt annat kom emellan. Det hade däremot Bengtsson redan tänkt på och medan Orvar varit upptagen med sin debatt om korv i parkserveringar så hade han istället frågat henne om just det och dessutom redan bestämt en dag och tid.

Ja, vad skulle man göra utan vänner som Bengtsson, som ser till så att livet flyter på som det ska, tänkte Orvar, lite mer lättad, då de gick gatan fram som ledde dem bort från parken och i riktning mot verkstaden och platåskokvinnans mystiska man.

*

Utrustad med den sedvanliga detektivutrustningen, Orvars tidning, kamera, keps och solglasögon, posterade sig de båda männen återigen utanför verkstaden där mannen eventuellt skulle ha ett extrajobb. Tålmodigt som två uvar stod de där, Orvar som spanade genom de lite nödtorftigt utklippta tidningsgluggarna och Bengtsson som turistlåtsasknäppte kort med kameran om någon skulle råka passera, så att ingen skulle misstänka att de var på ett så hemlighetsfullt jobb. Gatan var ödsligt tom sånär som på någon enstaka parkerad bil och asfalten så varm att det fick luften ovanför att dallrande dansa i värmen. Det var en härligt solig sommardag och ingen skulle väl kunna tro att någonting särskilt kunde hända, förutom möjligen Orvar och Bengtsson.

Det var också mitt i denna sommarheta stillhet, när allt tycktes gå som på räls i deras spaningar, som porten till verkstaden plötsligt slängdes upp och mannen som de så länge hade spanat på lika plötsligt som oförberett stormade ut, korsade gatan och resolut kom rusande rakt emot dem. Det var ingen tvekan om att han hade genomskådat dem, han ville i alla händelser inte bjuda på kaffe i alla fall, det var då ett som var säkert. Ilsket röd i ansiktet och med så bestämda steg som bara den har som har något riktigt allvarligt i tankarna närmade han sig.

– Nu är det bäst att hålla en låg profil och låtsas som ingenting, var nära nog det enda Bengtsson hann säga innan mannen var framme vid dem.

– Vad gör ni här? Varför förföljer ni mig?

– Nu förstår jag inte vad du pratar om, försökte Orvar lite tafatt. Man har väl rätt att stå var man vill. Här är så härligt varmt i solen, tycker du inte?

– Försök inte, fortsatte mannen uppenbart ilsken. Jag har väl sett hur ni hänger efter mig, dag efter dag, hemma hos mig, på mitt jobb och så här då. Fattar ni inte! I flera dagar har ni stått där i era löjliga kläder som några ynkliga Helan- och Halvan-figurer. Det är inte så att ni går att missa precis och samma tidning har du också, läser du inget annat.

Mannen nästan slet tidningen ur händerna på Orvar som för omväxlings skull stod alldeles stum, han ögnade hastigt igenom första sidan och slängde den sedan ursinnigt i marken.

– Den är ju tre år gammal, fortsatte mannen.

Han tog upp en skrynklig tjuga ur fickan på sin overall och gav den till Orvar.

– Här köp dig en nyare tidning och så slutar ni upp med att förfölja mig annars ringer jag polisen.

Muttrande på något ohörbart, säkert också onämnbart, skakade mannen sedan på huvudet, vände om och började gå tillbaka emot verkstaden han kommit ifrån. Men knappt hade han kommit halvvägs över gatan innan Orvar var ifatt honom med tjugolappen i högsta hugg.

– Jag behöver inte den, sa Orvar och räckte fram sedeln, jag har så mycket tidningar redan så att det både räcker och blir över.

– Det skiter väl jag i, svarade mannen fortfarande upprörd, köp en korv för den istället då, det kanske räcker till två, bara jag slipper se er igen efter det.

– Nu förstår ni nog inte, försökte Orvar igen fastän mannen redan hade gjort klart för honom att han inte ville prata mer med dem.

– Vadå! Vad är det jag inte förstår? Varför står ni och spionerar på mig egentligen? Jag har betalat hyran och skatten, jag sköter mitt jobb som jag ska, det finns ingenting intressant med mig alls så gör mig en tjänst och ta och stick tillbaka dit där ni kom ifrån. Ankeborg eller vad det nu kan vara. Eller är det min fru som har skickat er? Så är det förstås. (Här var han helt enkelt tvungen att ta en liten paus för att hämta andan). Det borde ni väl ha räknat ut om ni är riktiga spioner, att hon inte är riktigt klok om hon skickar sådana som Kalle och Hobbe här för att göra något löjligt spaningsuppdrag. Gå och spionera på henne istället och se vad hon har för sig medan jag försöker tjäna ihop till…

När verkstadsmannen hade sagt det där sista var det också som om hans sinnesstämning förbyttes och han plötsligt kom på helt andra tankar. Snabbt och handlingskraftigt rusade han in i verkstaden och efter bara en kort stund var han ute hos dem igen och slängde lite uppgivet en broschyr i händerna på Bengtsson. Det var en semesterbroschyr med bilder av utsikter kring en naturskön sjöidyll omgärdad av både höga berg och djupa skogar i ett nordligt Italien. Bilderna formligen doftade av pinjeträd, citrus, ståtliga villor och blommor i alla upptänkliga former och färger. Det var i alla händelser inte någon avrådan utan snarare en uppmaning om att komma dit och det var också med ett visst vemod i rösten han bad dem att ge den till hans fru med uppmaningen att, om hon nu hade så låga tankar om honom som det verkade så kunde hon stoppa den på ett ställe hon nog inte skulle tycka var så passande, innan han vände på klacken i riktning mot verkstaden igen. Ursinnet som vid det laget redan hade börjat lämna honom gjorde dock att han bara efter några steg tycktes ha ångrat sig och stannade upp igen. Och istället för att fortsätta hela vägen till verkstaden som han först hade tänkt, vände han sig mot dem och såg medlidsamt på de båda tokstollarna som inte tycktes få fram ett ord där de stod. Det var då, och efter ett (kan man kanske tycka) visst övervägande som Bengtsson också lite oväntat kom med ett av sina riktiga snilledrag.

– Du har möjligtvis inte lite kaffe?

Det kunde verka som taget ur luften och fullständigt oviktigt för vem som helst som inte kände honom, men för Bengtsson var det en fullt naturlig kommentar och den bidrog i alla händelser också till att få den något uppretade mannen att tappa fattningen för en stund. Just en sådan enkel sak som vem som helst som tyckte att den hade kontroll över en situation, skulle bli osäker över. En sådan fråga som var så oväntad att man lämnades mållös och bara sa ja, eh! eller visst, innan man ens hann tänka klart i frågan. På verkstadsmannen hade det just den effekten. Han svarade som de flesta andra skulle ha gjort, ja! innan han ens hade tänkt igenom vad det var han svarade på och på den vägen var det.

– Kom med här då så ska ni få se, sa verkstadsmannen sedan, innan han med en tyst suck fortsatte över vägen i riktning mot verkstaden som fortfarande stod med dörren på vid gavel.

Orvar korvar och uppochnedvända Bengtsson lät också den gamla tidningen ligga kvar där på marken och följde den tidigare så arga mannen in i verkstadslokalen där de blev stående ett tag mitt på golvet medan mannen för ett ögonblick försvann in i ett rum vid sidan av.

För dem som varit inne i en verkstad, var det här en helt vanlig verkstad för reparationer av olika motorfordon. Upphissad en bit från golvet var en gammal rishög till bil som säkert behövde en ordentlig genomgång och bredvid den stod en lite nyare som nog väntade på en översyn av något som krånglade.

Runt omkring var väggarna kantade av hyllor med alla möjliga sorters verktyg och lådor för skruvar, muttrar, slangar och sådant som kunde höra hemma i en verkstad. Bortsett från en del oljefläckar på golvet liknade det faktiskt lite upplägget på Orvars egen ordning i sin lägenhet och det var utan tvekan en miljö han omedelbart kunde känna att han hörde hemma i. Sådant ger förstås en del idéer i huvuden som Orvars.

– Hörru Bengtsson, utbrast Orvar, i vårt nästa jobb skulle vi kunna starta en bilverkstad, vad säger du om det? Orvars och Bengtssons verkstad för reparationer av allehanda småfel och motorkrångel.

– Ja, det skulle vara något det, muttrade Bengtsson som inte var riktigt lika upplagd för sådana idéer. Vad tänkte du att jag skulle ha för uppgift i en sådan verkstad då?

– Du är ju så fin på att kläcka idéer och komma på lösningar på problem, eller så kan du sitta bakom ratten på en Ferrari och göra reklam för firman.

De båda skrattade till när de insåg det orimliga i att både ha en Ferrari att sätta någon i och dessutom knöla in Bengtsson i den. Han skulle antagligen inte ens synas bakom ratten i de låga sätena. Under tiden som de stod där och skrattade åt sina egna idéer kom verkstadsmannen, som nu hunnit lugna ner sig betydligt, tillbaka med en kopp lite bittert och urkokt verkstadskaffe till Bengtsson. Kaffet var av den där sorten som brukat få stå kvar i bryggaren från då man gjorde det på morgonen tills det eventuellt blev tid över för att ta en kopp och eftersom det nu redan var sent på eftermiddagen så hade det mesta av vätskan redan dunstat bort och kvar var bara en lite oljig sörja, fast med styrkan hos en espresso, som Bengtsson nu fick som substitut för riktigt nykokt kaffe. Nu måste det sägas att det inte gjorde så mycket heller då det inte var själva kaffet som var viktigast utan mer en avledningsmanöver av Bengtsson för att om möjligt få mannen att tänka på något annat än att vara så arg hela tiden.

– Ni funderar väl inte på att starta verkstad? sa mannen medan han gav kaffet till Bengtsson. Gör inte det, det finns ingen anledning i världen för er att jobba med något sådant. Det är alldeles för mycket jobb och inte så vidare bra betalt heller. Men om ni undrar vad jag gör här, så sköter jag om verkstan åt en vän när han är på semester. Det är inte riktigt lika mycket att göra nu på sommaren, det är mest att hålla ställningarna, ta emot kunder och hålla det hela öppet tills han kommer tillbaka och så får jag tid över till ett litet projekt jag håller på med också.

Mannen tog dem in i en mer avskild del av verkstaden där det bland en del annan bråte stod en stor hög som var täckt av en presenning. Av den första anblicken att döma hade det kunnat vara vad som helst som låg dolt under presenningen; en hög med färgburkar, lite brädor och skrot, en trave med böcker, i stort sett vad som helst, men inte mycket avslöjade vad det verkligen rörde sig om.

– Jag måste säga att jag förstår att det är min fru som har satt er på att skugga mig, hon är alltid så misstänksam av sig och nu tror väl hon att jag har något dumt för mig förstås. Det är minsann inte så lätt att hitta på överraskningar till henne ska ni veta. Vad kostar det att få någon skuggad av er?

– En femhundring, drog Orvar till i bara farten.

– Ok. Ni får femhundra av mig om ni kan hålla tyst om en sak.

– Kör för det, sa Bengtsson som ju självklart såg de ekonomiska fördelarna av en sådan uppgörelse, men också hade blivit mer än nyfiken på vad det hela handlade om.

– Det är så att jag och min fru har bröllopsdag om två veckor, då har vi varit gifta i tjugo år. Nu tror hon som vanligt att jag har glömt det, men istället har jag planerat en riktig överraskning, något som vi har drömt om sen vi träffades. Ja, du såg ju broschyren.

När mannen till slut både högtidligt och vördnadsfullt drog av presenningen från det som de lite slarvigt hade trott var en hög av bråte, ramlade plötsligt alla pusselbitarna på plats. I samma ögonblick förstod de också vad hela det här hemlighetsmakeriet handlade om. Under den lite alldagliga plastpresenningen stod en lite dammig sidovagnsmotorcykel. En militärgrön rysk maskin från slutet av femtiotalet och säkert en riktig raritet för de som förstår sig på sådant. Det var alltså det som var hans stora hemlighet.

– Det här är min Rosinante det, sa mannen.

– Din vadå?

– En häst, fyllde Bengtsson i.

– 650 hästar ryskt monster, fortsatte mannen. En Dnepr från 1957. Inte så lätt att få tag på om ni frågar mig och lite svår att förstå sig på om man inte har särskilt intresse för det. Inte så lätt att köra heller, lite som att rida in en tjur, vrålar som en tjur på steroider gör den också, men när man väl fått kläm på hur man gör så är det ren kärlek, fast på tre hjul.

Det var ingen tvekan om att verkstadsmannen visste vad han talade om. Han gick igenom motorcykelns alla delar och funktioner för de båda männen som inte kunde göra så mycket mer än att gapande se på. De nickade också intresserat åt hans genomgång av hur stora cylindrarna var i den räfflade burken under tanken, hur mycket tanken rymde och vilka hjul som drev den framåt. En lite obegriplig detalj med den här cykeln var att någon av de tidigare ägarna av någon outgrundlig anledning också hade monterat en sorts gasspärr på handtaget, något som gjorde att gasen inte gick tillbaka till sitt ursprungsläge utan frankt stannade där den var om man fick för sig att släppa handtaget. Fullständigt livsfarligt för de flesta, men praktiskt om man plötsligt skulle vilja peta sig i näsan under färden.

– Den är rustad, servad, tankad och klar att köra hur långt man vill, det enda som återstår är väl bara lite polering, sen är den redo för en semester i södra Europa och vid Comosjön i Italien.

Mannens entusiasm över den ryska motorcykeln gick verkligen inte att ta miste på och så snart den hade kommit på tal verkade också hans tidigare ilska som bortblåst. Full av iver över att, antagligen för första gången, få visa den för någon rullade han också ut den i solen på asfalten utanför verkstaden så att den verkligen skulle komma till sin rätt. Han kollade snabbt oljan och bensinen och putsade lätt av den på tanken med all den omsorg man kan förvänta sig av ett sådant kärleksförhållande. Den lite excentriska motorcykeln var verkligen hans ögonsten och långt mer överraskande än han föreställde sig att en diamantring skulle vara när det kom till det där med överraskningar på en bröllopsdag.

– Prova att sätta er så får ni känna hur bra den känns, hur rumpan liksom faller sig naturlig för sätet och hur väl den följer kroppen. Det är inte mycket som går upp emot den känslan ska jag säga. Inte mycket ryssarna gjorde rätt på den tiden, men bygga motorcyklar som kändes i hela kroppen, det kunde de.

De båda männen satte sig tillrätta på motorcykeln som han sagt. Orvar på själva sitsen och Bengtsson i sittbrunnen på sidovagnen, så att bara lite av hatten och huvudet stack upp över kanten. Sedan startade han den så att de inte bara skulle få höra mullret av den ryska motorn utan också kunna känna det i kroppen som han beskrev det. Och det var väl ungefär här någonstans man kan säga att det började gå lite tokigt för Orvar och Bengtsson, igen.

De båda detektiverna följde storögt och med intresse alla verkstadsmannens beskrivande detaljer kring motorcykeln, Bengtsson lite mer än Orvar för även om han inte var så genuint motorintresserad så var han ganska nostalgisk av sig och hade som sagt ett sinne för det estetiska. Orvar å sin sida var mera överraskad över att den överhuvudtaget fungerade, för han hade nog aldrig sett något så gammalt i motorcykelväg, inte såvitt han kunde minnas i alla fall. I alla de redogörelser mannen ändå gjorde om motorcykelns tillverkningsår, plåtens beskaffenhet, nitar och svetsningar, motorns tekniska specifikationer och det ryska sättet man gjorde motorfordon på, så tappade de i alla fall helt bort den ursprungliga anledningen till att de var där de var. Mitt i alla intryck över garaget, verkstadsmannens berättelse och den ryska sidovagnsmotorcykeln hade de i stunden helt glömt att de redan hade rapporterat till frun med platåskorna om mannen och verkstaden. Hon visste alltså redan var hennes man befann sig om dagarna och hon hade förstås också all rätt i världen att gå och själv se efter. Deras uppgift hade ju bara varit att tillhandahålla informationen, om man så säger.

Precis som man skulle kunna förvänta sig inträffade också det som inte fick hända, åtminstone inte just då. Hon kom.

Lika säkert som amen i kyrkan och lika förutsägbart som att hösten kommer efter sommaren dök hon alltså upp. Och om det nu inte hade varit för det ryska mullret ifrån motorn och deras både fullständiga och hänförda hängivenhet över verkstadsmannens tekniska förevisning, hade de antagligen mycket tydligare kunnat höra det bestämda klapprandet från hennes klackar mot trottoaren. Då hade de säkert också på ett mycket skonsammare sätt lyckats avstyra det hela. Men nu var det istället, som det ofta var för Orvar och Bengtsson, allt för sent då de plötsligt fick syn på henne, eller rättare sagt, hennes man fick syn på det som med all tydlighet var hennes vilda hår i slutet på gatan, och de tvingades istället ta till helt andra åtgärder än de egentligen haft för avsikt att göra. Precis som man kunde förvänta sig blev det heller inte riktigt som Orvar och Bengtsson hade tänkt. Eftersom de nu var där de var och samtidigt befann sig sittande i en alldeles särskild belägenhet så var ju utgången heller inte särskilt oväntad. En sak var i alla fall säker, om motorcykeln fick stå och mullra där den stod skulle överraskningen inte vara särskilt överraskande och allt det jobb som den stackars mannen i verkstaden hade lagt ned skulle antagligen vara förgäves. Då var det heller inte särskilt konstigt att han närmast drabbades av panik i det ögonblick det gick upp för honom att allt som han så ingående hade planerat var nära att avslöjas.

– Motorcykeln! Hon får absolut inte se motorcykeln, nästan skrek mannen i den närmast chockartade paniksituationen. Vi måste få bort den från gatan så hon inte får syn på den.

– Kan vi inte bara rulla in den i garaget igen då? sa Bengtsson, fortfarande djupt nedsjunken i sidovagnens sittbrunn.

– Det hinner vi inte med. Ni får köra iväg med den.

– Köra med den?

– Ja! Fort, kör in den bakom huset och stanna där, så tar jag hand om henne.

Här var det inte alldeles främmande att tänka sig flera personer som drabbades av, om inte samma så åtminstone en liknande sorts panik. Verkstadsmannens bestörtning över att överraskningen höll på att gå om intet blandat med Orvars lite osäkra inställning till motorcykelkörande och mitt i allt detta Bengtsson, som oförmögen att ta sig ur kärran där han satt fastkilad som en kork i en flaska muttrade något ohörbart om sin belägenhet. Och i det paniska vacuum som en stund uppstod emellan dem, alltmedan kvinnan med platåskorna sakta men med bestämda steg närmade sig, tycktes tiden stå alldeles stilla. Det som nog bara var tiondelar av en sekund kändes i alla händelser som en evighet för de flesta av dem.

– Ska jag! utbrast plötsligt Orvar, närmast skräckslaget över det faktum att han i det läget befann sig på helt fel plats i förhållande till sina dittills förvärvade kunskaper om hur en motorcykel av nämnda mått på bästa sätt skulle framföras.

– Ja, vem annars, den huvudlösa ryttaren?

– Jag vet ju inte hur man gör, ropade Orvar tillbaka genom motormullret.

– Det är inte så svårt, man bara trycker till på pedalen, sedan är det bara att gasa och svänga när man behöver det, det kan ju för sjutton till och med ett barn göra. För övrigt har den ju tre hjul så det är inte så att den skulle välta precis.

Med det sagt, sprang verkstadsmannen tillbaka till sitt garage och drog igen dörren efter sig så att det bara återstod en glipa genom vilken han kunde se det som sedan hände.

Orvar som inte riktigt gillade att höra att han inte skulle klara av barnsligt enkla saker gjorde också som han blivit tillsagd och drog på gasen så till den grad att motorcykeln tog ett första skutt i frihet varpå både han och Bengtsson mer eller mindre i ett vrål av rysk björnstyrka stod på två hjul igenom den första kurvan och försvann in bakom huset.

Eftersom även de mest barnsligt enkla saker kan vara svåra för Orvar och han fått lära sig hur man gasar men inte hur man stannar blev det också ett par ärevarv extra runt huset inför det gapande paret, innan de sedan bar av i en väldig fart nerför gatan, med den militärgröna sidovagnsmotorcykeln tätt följd av både mannen i verkstadsoverallen och damen i platåskor. Inte gjorde det saken mycket enklare att nämnda fordon ju också, alla naturlagar till trots, hade utrustats med en galen spärr för gasen som Orvar naturligtvis, i sin klåfingriga iver att få stopp på maskineriet, hade lyckats aktivera och sedan inte på något vis kunde få bort igen. Således drog de alltså iväg, bort från där de borde ha stannat, vid verkstadens garage och verkstadsmannen och hans hustru, gatan fram, i full fart mot nya höjder, eller bottnar om man så vill.

Den vådliga motorcykelfärden fortsatte sedan som väntat genom den lilla staden, där både fåglar, hundar, fotgångare och andra trafikanter handlöst fick väja för de dåraktiga männens framfart. Allt medan Bengtssons lite entonigt pipiga röst nerifrån sidovagnens sittbrunn mässande upprepade sitt "*nu får man hålla i sig*".

Vid närbutiken kapade de en papperskorg i hastigheten så att skräpet nära nog fyllde gatan i ett moln av papper och plast och gamla sopor. Det var faktiskt ganska nära att de samtidigt också drog med sig både extraprisskyltningen och en vilt viftande gaphals till butiksföreståndare, som sedan också gjorde sällskap med motorcykelinnehavaren och hans fru i deras jakt efter vrålåket. Man kunde säga vad man ville om Orvars och Bengtssons avsikter med den huvudlösa motorcykelfärden, men i alla händelser var detta ändå en av alla de droppar som fått butiksinnehavarens bägare att till slut rinna över på allvar. Nu skulle det skipas rättvisa tyckte han och de båda detektiverna skulle få stå till svars för sina dåraktigheter en gång för alla. Därför slog butiksinnehavaren också följe med motorcykelns rätta ägare, ett par vanliga promenadentusiaster som nära nog blivit påkörda, en omkullcyklad cyklist, några uppretade småbarnsföräldrar, några nyfikna ungdomar och slutligen också en flock uppjagade duvor som alla hade sina högst personliga motiv och på ett eller annat sätt hoppades att det hela skulle sluta med en ordentlig smäll för motorcykeln och dess förare.

Väl framme vid parken rev Orvar upp en lång sträng med grus och jord, tog en vid sväng för att undvika att krocka med några träd men drog istället med sig några stolar och bord där det lyckligtvis inte satt några personer, och slutade sedan färden som sig bör med ett rejält plask i den lilla fågeldammen.

Motorcykeln snurrade några extra varv med bakhjulet i dyn som för att göra klart att den var där för att stanna, sedan hostade den till ett par gånger innan den till slut, med en utdragen suck, dog helt som en rysk spion under kalla kriget. Allt inför åsynen av hunden Bosse som var ute och gick med kvinnan med pälskragen, portföljmannen som för stunden lite motvilligt tvingades titta upp från sin mobiltelefon, en likgiltig korvgrillargubbe, en del skränande ankor och måsar som i vild panik tog till flykten åt alla håll, den galne butiksinnehavaren som gladdes åt åsynen av att naturen till slut hade hämnats på dem för hans räkning, verkstadsmannen och hans fru med platåskorna och en del andra som för tillfället och av en ren händelse råkat befinna sig på platsen.

Som två fallna hjältar lyckades de, genomblöta, hostande upp lite av dammens vatten och med vass och näckrosor som en segerkrans kring halsen, till slut också kravla sig ur ankdammen och med viss möda få upp motorcykeln på land igen. Väl uppe ur dyn möttes de av både verkstadsmannen och damen med platåskorna som lyckligtvis såg betydligt gladare ut än de hade förväntat sig. Arm i arm, både lite chockade och samtidigt lättade över det inträffade, stod de och såg på hur de båda männen mödosamt drog upp motorcykeln på land och av deras leenden att döma fanns där ingen större sorg emellan dem utan det hela hade genom en underlig försyn ordnat sig själv. Genom Orvar och Bengtssons rådiga ingripande i saken så var det inte längre någon hemlighet att motorcykeln var hemligheten. Allt hade i någon mening gått upp för henne i samma ögonblick som hon såg dem braka iväg där vid verkstaden med gasen i botten och hennes man förfärat såg dem försvinna nerför gatan. Och i någon sorts lyckligt samförstånd, trots mannens ögonstens nuvarande belägenhet, kunde det snart bröllopsdagsfirande paret ändå se på de blöta, lite tilltufsade männen och den sargade motorcykeln och konstatera att de nog hade gjort deras dag trots allt. Inte mycket som var lika tokigt kunde vara ens i närheten av detta, ett minne som detta skulle det ta lång tid om det ens var möjligt att glömma, för alla som i någon mån var inblandade.

Även om de hade ställt till med en hel del på sin färd var de allra flesta ändå glada över att ingen kommit till större skada än de gjort i tumultet. Gladast var ändå Orvar för att allt hade ordnat sig till det bästa, och nu när det inte längre kunde vara någon hemlighet för damen med platåskorna vad hennes man hade för sig så kunde de slutligen också se fallet med mannen i verkstaden som avslutat och få sin betalning. Verkstadsmannen som också hade lite dåligt samvete över att han satt dem på motorcykeln från första början var så glad och nöjd över att det slutat bra att han genast, men lite i smyg för att hon inte skulle se det, gav dem den femhundring han lovat. Med motorcykeln var det så att den ändå hade klarat livhanken betydligt bättre än man kunnat förvänta sig av en sådan färd och om den bara fick torka ur ett par dagar och en del av plåten bankas ut på sina ställen så skulle den nog fungera igen. Och att den gick innan, det var det ingen tvekan om, det hade han i alla fall fått bevisat för sig.

Damen med platåskorna var också gladare än de hade förväntat sig. Utan att tveka gav hon dem den sista femhundringen i avtalet och tackade dem båda för allt de gjort för henne. Hon kände sig nog lite som de hade trott att hon skulle, både lättad och glad över överraskningen. Men lite förvånade var de över att hon inte tyckte att det här med motorcykeln gjorde så mycket. För, som hon uttryckte det, de båda tokstollarna hade ändå gett henne ett minne för livet och varje gång hon skulle komma att tänka på dem i framtiden så kommer hon att bli full i skratt.

– Det är tur det Bengtsson, sa Orvar, att hur man än beter sig så alltid roar man någon. Det spelar liksom ingen roll hur mycket man anstränger sig så alltid är det någon som skrattar och har roligt över det man försöker göra. Vi kanske borde vara komiker istället. Hålla på med underhållning, va! Det behöver ju inte vara en sådan där skitstor scen med fyrverkeri och slocknande lampor, det kunde räcka med att stå här i parken, eller åka motorcykel, för nu har jag ju lärt mig hur man gör.

– Eller inte ska göra. Jo, det är något visst med dig Orvar, sa Bengtsson och skrattade, tillsammans med en sådan som dig får man då aldrig tråkigt, det är i alla fall riktigt säkert det.

Det sista Bengtsson sa var nog också det bästa en vän kunde säga till en annan, och med det i huvudet gick de båda belåtet hemåt efter utfört arbete, för så mycket förstod de, att de ju inte kunde stå kvar där i blöta kläder hela dagen. Dessutom hade de fått varsin femhundrakronorssedel som bara borde spenderas på något, de visste inte riktigt på vad, men det tålde att tänkas på. Kanske över en kopp kaffe, eller en korv med bröd, på det vanliga sättet, så som det alltid hade varit.

*

Väl hemma i sin lägenhet igen hade Orvar knappt fått av sig de blöta kläderna och åter lindat en handduk runt höfterna, som en indisk sarong, förrän det ringde på dörren igen.

Den här gången var det definitivt inte Bengtsson. För det första så var ringningen alltför försiktig, som om den inte riktigt ville höras. För det andra så var det orimligt att tänka sig att Bengtsson skulle stå där i sina blöta kläder när han ändå så tydligt hade sagt att han skulle hem till sig för att sätta sig till rätta i en torr och varm pyjamas.

Fortfarande utmattad efter dagen men tillräckligt driven av sin nyfikenhet öppnade han ändå dörren för den försiktiga påringaren. Där utanför stod också, lite överraskande, en något yngre man med glasögon, välkammat hår och en slätstruken röd skjorta och stirrade uttryckslöst på Orvar som om han sett ett spöke.

Jag borde verkligen tänka mer på min framtoning, tänkte Orvar i samma stund, och inte alltid möta folk i handduk. Särskilt som det första intrycket är så viktigt. Nu kunde ju inte Orvar veta att någon skulle komma och han hade inte direkt några avsikter att ta emot nya kunder heller, inte så nära inpå ett redan avslutat fall. Det fick vara som det var med den saken. Dörren var ju öppnad och Orvars handuksutstyrsel fick därför vara som den var den med. Inte bjöd han in mannen heller så att han fick sitta i klientfåtöljen som det var tänkt utan han fick helt enkelt stå där han stod när han framförde sitt ärende.

– Är det ni som är detektiven? frågade mannen när han till slut hämtat andan efter den första chocken.

– Det skulle man kunna säga. Vad gäller saken?

– Jag såg skylten där ute så jag tänkte att det nog kunde vara här man hittar en detektiv.

– Vad är det jag kan hjälpa dig med då?

– Jo, det är som så att jag har tappat en portfölj. Det hela verkar så obegripligt och konstigt. Jag var i parken alldeles nyss, satt där i lugn och ro på en bänk vid kaféet och sedan kom det två dårar på en motorcykel och skrämde slag på alla i hela parken. Folk fick kasta sig åt alla möjliga håll. Inte klokt hur folk får hålla på egentligen. Hur som helst så hade jag den i parken för bara en liten stund sedan men nu är den plötsligt helt borta. Jag har redan letat en bra stund och det verkar helt omöjligt att hitta den. I parken träffade jag i alla fall ett väldigt trevligt par som sa att jag kunde vända mig till er. Ni letar väl upp försvunna saker?

– Det kan vi visst, svarade Orvar och bad honom beskriva portföljen medan han hämtade något att anteckna med.

Orvar skrev ned beskrivningen av portföljen och bad sedan den slätstrukne mannen att återkomma om någon dag för att gå igenom detaljerna kring portföljen med både honom och Bengtsson och samtidigt se hur långt han hade kommit i fallet.

När mannen hade gått, satte Orvar nonchalant upp den lite barnsliga och enkelt nedplitade beskrivningen han antecknat mitt över Sverige på världskartan och därmed var också ett nytt spännande uppdrag igång för det numera kanske inte helt okända deckarparet.

Knappt hade mannen gått och försvunnit och Orvar fått på sig nya torra kläder förrän det var dags igen och det på nytt ringde på dörren. Orvar hann tänka tanken att han minsann inte fick vara ifred överhuvudtaget sedan det senaste genombrottet för detektivbyrån. Men den här gången var det vare sig någon ny klient eller Bengtsson som ringde på och den som blev mest chockad och förstummad över besöket den här gången var utan tvekan Orvar. För så mycket kan man nog säga om honom; om det var någon han aldrig hade han förväntat sig att få se stående utanför dörren, så var det pannkaksmamman och Lisa. Därför stod han där stel som en pinne och bara stirrade på dem utan att få fram ett ord. Där de stod och såg på honom, med likadana röda klänningar och utslaget hår, som två blommor som precis slagit ut, fick de hans hjärta att både stanna och slå dubbla slag på en och samma gång. Hade han varit en hund så hade det aldrig varit någon tvekan om vad han kände. Han hade rusat omkring som en dåre och svansen hade viftat ner allt som eventuellt skulle ha stått vägen i den höjden. Men nu stod han istället och gapade med munnen som en fågelholk utan att kunna röra sig, fastän allt i hans inre rörde sig som inför ett vulkanutbrott.

– Får vi inte komma in? blev hon till slut tvungen att fråga den mer eller mindre förstenade Orvar där innanför tröskeln. Vi har med en present till dig.

– Åh! Jovisst. sa Orvar närmast mållöst. Är det till mig? Tack så mycket! Men inte hade ni behövt ge mig någon present.

– Äh! Det var så lite så, Lisa visste precis vad du önskar dig.

– Och jag som inte har någonting till er alls, jag hade tänkt ge Lisa lite tuggummi, men det blev liksom sprängdeg av alltihopa.

– Det gör inget. Det kan vara så roligt att ge bort saker också. Det är ingen stor sak egentligen, men vi tror att du nog kommer att gilla det ändå.

När han till slut ändå kom på sig själv med att bara stå där i dörröppningen bjöd han till slut in dem och bad dem sätta sig i hans relativt nystädade möblemang. Och när han tog emot det ganska stora paketet de båda flickorna hade med sig, fick han en kram av pannkaksmamman som gjorde honom alldeles svag i knäna. Paketet var han också tvungen att öppna på en gång och inte hade han kunnat vänta heller om han från början hade vetat vad som fanns i det. Ett paket med minst tjugo, trettio eller kanske till och med fyrtio röda, danska pølsekorvar, färdiga att kokas. Det var (som han säkert skulle uttrycka sig) nog banne mig det finaste i presentväg en sådan person som Orvar kunde få.

Inte spillde han någon tid på onödigt prat heller utan genast kokades det upp korv så att han utan vidare kunde sätta i sig fem, kanske tio, på en gång och samtidigt bjuda sina gäster på så mycket korv de överhuvudtaget orkade äta.

Här skulle med all rätt berättelsen om Orvar korvar och uppochnedvända Bengtsson kunnat sluta. För visst är det så att man ska sluta när det går som allra bäst.

I den lilla staden hade livet förflutit som det mestadels brukar. Vanligt folk hade gått till sina vanliga jobb, naturen hade gått sin gilla gång över sommar och på väg mot höst. Fåglarna hade haft fullt upp på både gator och torg, det hade varit semestrar och festivaler och Orvar korvar och uppochnedvända Bengtsson hade fått en lite annorlunda idé. De hade kommit igång med en detektivbyrå och löst några kluriga fall, de hade lärt känna en hel del nya både människor och djur och både Orvar och Bengtsson hade den sommaren gjort sin lite oplanerade scendebut. De hade varit utomlands och Orvar hade fått bada både här och där. Bengtsson hade druckit en hel del kaffe och lite oplanerat fått bada han med och inte minst hade Orvar till slut fått sin så hett efterlängtade korv. Orvar hade förstått poängen med att både diska och hålla ordning i röran. De hade åkt motorcykel i en väldig fart och Orvar hade utan att kunna hjälpa det blivit kär, sådär sprudlande förälskad som nästan bara barn kan bli, så att det känns som sockerdricka i knäna och ingenting man tänker längre verkar klart och tydligt.

Det hade helt enkelt varit en hyfsat bra sommar för de båda lite omaka vännerna och därför kunde det också ha blivit ett bra slut på en berättelse, om det nu inte vore för att något alldeles speciellt och lite egendomligt skulle hända som gör att det bara inte kan sluta såhär. Därför får ni också lov att stå ut med ännu lite mer om Orvar korvar och uppochnedvända Bengtssons detektivbyrå för olösta fall och mysterier. Lite invecklade och utvecklade intriger och en hel del både högt och lågt, precis som det borde vara i en sådan här lite osannolik historia.

Heja!

Högt och lågt med Orvar och Bengtsson

Bara några dagar efter den omtalade incidenten med motorcykeln hade högsommaren slagit till på allvar i den lilla staden. Värmen som hade lagt sig som en kvav filt över landet var tryckande och luften stod helt stilla, så pass att man kunde se hur den dansade och vibrerade över den heta asfalten på stadens gator. Det var glada dagar för alla insekter som plötsligt kommit till liv och för fågellivet som tyckte att alla kryp och smådjur var som en stor fest. Men för alla var det inte riktigt lika roligt med värmen som gjorde det svårt att både andas och röra sig. Och det var sannerligen inga bra dagar för hundar som tvingades gå barfota på de heta vägarna och inte gärna kunde ta av sig pälsen, så som människor gärna gör när det varma vädret äntligen kommer.

Även om de flesta människor uppskattar solgasset när det väl kommer så är det alltså inte så för riktigt alla. För en del människor kan en värmeböljande sommar vara riktigt påfrestande. De som tvingas arbeta tycker kanske inte lika bra om varma dagar som de som har semester och kan slå sig ner vid en badplats när det blir för tungt och plågsamt med hettan i staden. En del äldre klarar kanske inte heller värmen lika bra och för en sådan person som uppochnedvända Bengtsson, hörde just den här sommarens värme dessvärre inte till det bättre. Ibland kan det tråkigaste komma alldeles för snabbt och nästan aldrig när man är riktigt förberedd och hur man än tänker på det så är det ändå lika överraskande för den som drabbas. Som om det är lite av det naturliga i människor att inte vilja se livets och ödets oundvikliga gång.

Inte mycket hade annars hänt sedan sist, mer än att Orvar ännu en gång hade träffat den slätstrukna mannen med det välkammade håret och fått lite information om hans försvunna portfölj. Det var en brun, lite klädsamt sliten läderportfölj med en del papper och dokument som han av någon anledning absolut inte kunde vara utan eller ville skulle hamna i orätta händer.

Efter lite efterforskningar i parken kunde Orvar också konstatera att inget särskilt eller anmärkningsvärt hade hänt där, annat än att de återställt serveringen efter deras framfart med motorcykeln och att ingen där hade sett någon portfölj heller, vare sig före eller efter kraschen. Den slätstrukna mannens egna minnen av händelsen var otydliga, men han trodde i alla fall att han hade haft den med sig hela tiden, åtminstone tills han skulle gå och den inte längre var där han trodde att den skulle vara. Alldeles säkert var det ändå att han inte hade den i handen som han borde och att den inte gick att hitta någonstans där den borde ha varit, nämligen där han senast sett den, vid uteserveringen i parken.

För mannen var det hela ett mysterium, att någonting bara tycks kunna försvinna, men Orvar tyckte ändå att det borde finnas någon rimlig förklaring och till sådana fall hade ju Bengtsson visat sig vara oumbärlig. Med sin osvikliga intuition kunde Bengtsson som ingen annan se bevisvärdet i de minsta saker och på så vis var han en betydande och viktig del i att de överhuvudtaget kom någon vart med sina detektivuppdrag.

När det nu också hade gått ett par dagar sedan den senaste motorcykelincidenten och Bengtsson inte hade hört av sig, vare sig för deras dagliga promenader eller ens för en kopp kaffe, kände sig Orvar med rätta lite bekymrad. Det vanliga i deras relation var ju att Bengtsson med jämna mellanrum dök upp, om inte annat så för att se hur han hade det. Så när han inte hört något av sin gamle vän på ganska länge kunde han inte låta bli att känna sig lite oroad över vad som kunde ha hänt och varför han nu plötsligt valde att inte dyka upp som han brukade. Dessutom var ju Bengtsson helt oinformerad om det senaste som hänt beträffande detektivbyrån. Därför tänkte han att det nog var bäst om han gick hem till honom själv, åtminstone för att ge honom det senaste om det nya fallet. Mysteriet med den försvunna portföljen.

Ingen kunde just vara gladare än Orvar över det vackra sommarvädret och så fort han bara kom till Bengtsson så skulle han nog övertala honom om att följa med till vattnet också så att de fick bada, om inte annat så kunde han i alla fall titta på när Orvar tog sig ett dopp.

Det var ju så det var, korv och bad hörde till livets goda ting och nu var det hög tid för båda tyckte Orvar, särskilt som det var så varmt ute att alla andra viktiga saker borde kunna vänta.

Med flipflop-tofflor på fötterna, kepsen långt neddragen över huvudet och anteckningsblocket, som nu hade hunnit torka efter parkfadäsen, i fickan, begav han sig så iväg emot Bengtsson.

Glatt och lyckligt ovetande om tingens ordning men ändå lite makligare än han brukade ta sig fram, gick han också uppför de semestertomma gatorna, men med en lika sökande blick som vanligt för den händelse han eventuellt skulle råka se någon portfölj ligga och skräpa eller något annat som kunde vara bra att ha.

Knappt en bil, en promenerande, en hund eller ens en fiskmås var i vägen för honom där han gick och det var egentligen först i höjd med närbutiken som han stötte på någon annan person som var ute i det varma vädret; den unga kassörskan som ibland brukade jobba i butiken. Hon stod utanför affären och satte upp nya löpsedlar med kungliga bröllop och folkliga mord.

Tur för honom, tänkte han, att det inte var gaphalsen i butiken för då hade han nog med all säkerhet fått lov att ta en omväg istället, men eftersom han ju fortfarande hade tjugolappen som han fått av verkstadsmannen kvar i fickan så kunde han ju lika gärna stanna och köpa en tidning när han ändå var där. Det var ju faktiskt därför han fått sedeln från första början. Han skulle köpa sig en ny tidning, var det sagt och om han nu inte läste den själv så kunde han ju i värsta fall ge den till Bengtsson så han hade något att syssla med när han nu inte kom till Orvar som han brukade. Med ganska bestämda steg gick han därför fram till kassörskan och räckte henne den torkade, men samtidigt lite hopskrynklade tjugolappen han haft liggande i fickan sedan han fick den.

– Får jag en tidning av dig är du snäll, sa han till den upptagne och hukande kassörskan vid löpsedlarna.

– Då får du nog gå in i affären och betala i kassan som alla andra, sa hon kort och utan att direkt titta upp på honom medan hon fortsatte med det hon just höll på med.

– Du tror inte att du skulle kunna göra ett undantag? Bara den här gången, du vet jag blir ju utslängd så fort jag kommer in där, sa han nästan viskande. Jag vill ju inte gärna ställa till något, inte något mer sådant i alla fall.

Då kassörskan ett ögonblick stannade upp i arbetet, vände sig om och såg vem det var så sken hon upp som om det hade roat henne att se honom, sedan nickade hon och viskade tillbaka som för att ingen skulle höra att hon pratade med honom.

– Vilken av dem vill du ha då?

– Den med mord i är nog mer spännande än den om kungar skulle jag tro.

Kassörskan tog leende tjugolappen, kilade snabbt in i butiken och var lika snabbt ute igen med en tidning och lite växelmynt. Det var också då som hela hennes uttryckssätt på något vis förändrades. Den alltid så leende kassörskan fick något olycksbådande i blicken som om det var något som inte riktigt stämde, som om något i ett enda ögonblick hade förändrats omkring dem och det gjorde Orvar lite illa till mods. Vad hade han nu gjort? Hade han utan att göra någonting ändå lyckats ställa till det för sig. Eller ville hon säga något som nog inte var så roligt att höra?

– Vad är det som har hänt? lyckades han ändå fråga henne. Jag har väl inte ställt till med något nu igen?

– Nej då! Men visst brukar väl du gå omkring med en ganska kortväxt och lite hopkrympt gubbe med hatt? frågade hon då hon gav honom växelmynten.

– Bengtsson! Ja är det han så är det väl så, sa han plötsligt lite förvånat, som om han överraskats av beskrivningen av hans vän som han ju inte sett på flera dagar och faktiskt hade börjat sakna när han inte synts till.

– Hur är det med honom?

– Jag vet inte jag, det var visserligen ett par dagar sedan jag såg honom förstås men då var allt som vanligt.

Nu var det som det ofta var när människor nås av tråkiga nyheter, att Orvar liksom de flesta andra inte kunde ana, ville tro, eller ens förstå vad det var det var man försökte säga. Först förstod han som sagt inte riktigt varför hon plötsligt skulle vara så intresserad av Bengtsson och hur det eventuellt skulle vara med honom. Han kunde heller inte se någon direkt anledning till varför hon skulle vilja prata med honom om Bengtsson. Han var väl där han var, hemma, fick man förmoda. Förmodligen skulle det också glädja honom att Orvar skulle komma och med en tidning och allt. Kassörskan såg också lite frågande på honom, som om hon plötsligt också förstod att han inte alls hade förstått vad hon egentligen menade.

– Då vet du inte vad som har hänt? fortsatte hon. De körde iväg honom med ambulans för två dagar sedan.

– Ambulans! Bengtsson? utbrast Orvar. Varför skulle han åka iväg med ambulans, det har väl aldrig varit något fel på Bengtsson.

Orvar kliade sig först i huvudet, sådär som man gör när man försöker sätta ihop tankarna till en hel mening, sedan började han få lite av en klump i magen över det otänkbara, att det som inte borde kunna hända faktiskt redan verkade ha hänt. Bengtsson i ambulans! Hur kunde något sådant hända, han var ju den piggaste gubben Orvar kände till, trots att han var lite upp och nedvänd till sin natur. Inget borde väl kunna hända ett sådant krutpaket. I alla fall inget som man inte skulle kunna förutse. Han hade ju för tusan klarat av en motorcykelkrasch utan några större men för livet, så vad kunde det då vara som hade fått en sådan fura på fall. Orvar fattade plötsligt ingenting.

– Han kom springande här nerför gatan i en väldig fart, ja som ni brukar ungefär och plötsligt bara stannade han upp här utanför och ramlade ihop. Jag vet väl egentligen inte riktigt vad som hände, men några som hade sett det kom in i butiken och ringde efter ambulansen, så nu är han väl på sjukhuset skulle jag tro.

– Sjukhuset! Vadå? Är han… lever han?

– Det vet jag ingenting om, du får väl åka dit och se efter.

Nu gick det alldeles runt i huvudet på Orvar och han glömde på ett ögonblick helt bort det här med portföljmysteriet. Det var väl inte riktigt så han hade föreställt sig att han skulle få sådana nyheter och särskilt roligt var det väl inte heller, särskilt att inte ha kunnat vara där då det hände, för ingen vettig människa borde väl vilja lämna en vän i sticket på det sätt som han tyckte att han hade gjort. Inte för att han hade vetat vad han skulle ha gjort annorlunda, men tanken störde honom.

Massor av frågor strömmade plötsligt också genom huvudet på honom. Hur kunde det här hända? Han var ju precis på väg till Bengtsson och så är han inte hemma utan befinner sig på sjukhus istället. Vad kan en människa råka ut för så att man ska bli tvungen att köras i ambulans? För bara några dagar sedan var han ju alldeles som vanligt. Kärnfrisk och kry och muttrande som den Bengtsson han var. Det finns väl ingen förståndig människa som kan förstå hur det hade gått till. Ena dagen lika pigg och frisk som alltid och nästa dag är man det inte. Om nu inte allt bara var ett missförstånd, så måste han ju bara till sjukhuset och det lika fort som tanken hade slagit honom. Han förstod nämligen så mycket som att han genast måste besöka Bengtsson på sjukhuset om nu inte allt hade gått så illa så allt redan var försent och han inte längre var kvar där, men samtidigt insåg han också att något han bara måste göra först, var att berätta om det som hänt för pannkaksmamman och Lisa. För om det nu var riktigt allvarligt med Bengtsson så hade de i alla händelser absolut velat veta, så hade åtminstone han känt.

Så hände det sig alltså att istället för att gå hem till Bengtsson som det var tänkt, kilade han kvickt som en Orvar upp för trapporna till pannkaksmammans lägenhet, ringde ivrigt och envist på ringklockan tills de öppnade och berättade sedan med andan i halsen och så fort han kunde om vad han hade varit med om; tidningsköpet vid butiken, närköpskassörskan och allt han dittills visste om den olyckliga händelsen med Bengtsson. Lisa och pannkaksmamman som tyckte att det var alldeles för allvarligt för att bara låta vara, klädde genast på sig och följde sedan, oroade som de också blivit, Orvar i riktning mot Bengtsson och den lilla stadens enda lilla sjukhus (som nu inte var så särskilt litet när allt kom omkring). I samlad trupp gick sedan de tre vännerna den närmaste vägen de kunnat tänka ut, utan att säga så särskilt mycket och utan att någon av dem egentligen kunde tänka på någonting annat än hur det var fatt med deras gemensamma vän där, på någon vårdavdelning för svårt sjuka patienter.

Orvar såg heller inte mycket av husens fasader eller gatornas utformning där han formligen forsade fram tillsammans med Lisa och pannkaksmamman. Med klumpen i magen som hela tiden tycktes växa sig allt större tycktes han inte längre kunna vare sig se eller tänka så mycket på det vackra vädret eller naturen men trots allt han oroade sig över och alla hans värsta farhågor över Bengtssons tillstånd, kunde han någonstans mitt i bedrövelsen ändå tycka att det var en väldig tur att han köpt en tidning. För så mycket förstod han, att det ju är brukligt att man har med sig något sådant till sjuka patienter, om inte annat så för att de ska ha något att fördriva tiden med medan de tillfrisknar. Sådant som blomma och choklad, det fick man i hastigheten helt enkelt skita i.

*

Om det nu var så att man hade drabbats så som Orvar hade gjort och ens bästa vän plötsligt blivit så illa däran att han tagits till ett sjukhus, ja, då fanns det nog inget bättre för Orvar än att faktiskt uppsöka honom där han var. Det var helt enkelt det enda rätta, om man nu inte hellre skulle vilja sitta ovetande till dess att oron hade gnagt en i bitar. Men eftersom Orvar också var som han var så rusade han rätt in i precis allt han företog sig utan att först ta reda på hur och vart han egentligen skulle. Sjukhuset var det enda han visste och dit hade de följaktligen också tagit sig och ingenstans efter vägen hade oron över Bengtsson känts mindre tung att bära för någon av dem. Vare sig Orvar, pannkaksmamman eller Lisa sa heller så mycket mer på vägen efter det, utan deras tankar upptogs istället helt av hur det var med deras gemensamma vän och vad de eventuellt skulle få se då de kom till honom på sjukhuset.

Nu visste ju ingen av dem heller var på sjukhuset han egentligen befann sig, men i sin vanliga iver över att lösa sådana problem lät inte Orvar det hindra honom. Lika målmedvetet och tanklöst som han brukade rusade han därför rakt in i sjukhusets lite avskalade entré, fram till disken för inte så brådskande ärenden och skulle också sin vana trogen och som de andra trodde, högst troligen, komma att ställa till ännu en liten scen för att kunna få sin vilja igenom. Nu var emellertid inte det här sjukhuset riktigt som han hade tänkt sig och stämningen därinne fick honom till en början att faktiskt komma av sig lite. Som att inte svära i kyrkan ungefär.

Sjukhuset var som de flesta andra sjukhus ganska enkelt inrett i mjuka och jordnära färger och plastblommor av olika sorter för att ge en hemtrevlig känsla utan att för den skull nödvändigtvis orsaka några allergiska reaktioner hos patienterna. Orvar som hade haft turen att nästan aldrig ha besökt något sjukhus tyckte nog att det stämde dåligt med hans föreställningar om vita, gråa och kala väggar som han tänkte sig att det var i alla sjukhusmiljöer. Istället störde det honom lite att det var gula och gröna färger och möbler av trä istället för stål som de besökande satt på i väntrummet och att det dessutom hängde abstrakt konst på väggarna som om man snarare befann sig på ett museum än på ett sjukhus. Det var ju klart, och det förstod ju Orvar också, att man inte kunde hänga våldsamma renässansmotiv av gamla och döende människor på en sådan inrättning, det skulle ju i värsta fall göra att patienterna kände sig ännu sjukare än de rimligtvis var då de kom. Men det kändes ändå konstigt för Orvar att stirra på några oklara motiv av uppochnedvända vad det nu kunde vara. Så konstigt faktiskt att han, som sagt, först kom av sig och inte riktigt visste vad han skulle säga till den som förmodligen satt i disken för inkomna besvär.

– Du skulle väl fråga efter Bengtsson, sa Lisa efter en stund när inget tycktes hända för Orvar i den (för honom) osannolika entrén.

– Var är Bengtsson? frågade han, så tyst han kunde, den minst sagt förvånade expediten som tycktes sitta sysslolös bakom en så hög disk att man knappt såg att det satt någon där.

– Det vet jag inte vem det är! svarade expediten kort, som om hon alldeles tydligt struntade i vem han frågade efter.

– Hör du inte vad jag säger! sa Orvar, och med lite högre röst den här gången. Var har du gjort av Bengtsson?

– Vem är det? frågade hon uttryckslöst utan att lyfta blicken från några papper hon satt och läste.

– Det är en liten krokig gubbe med hatt, ungefär så här hög. Orvar visade med handen hur lång han uppskattade att Bengtsson var, men utan att expediten tog någon direkt notis om hans förevisning. Han kom in för någon dag sedan.

– En krokig gubbe sa du! För första gången såg expediten också upp från sina papper som hon så nogsamt läste och hon tittade ett tag lite misstänksamt på Orvar som om det var första gången någonsin som någon frågat henne om något liknande. Vad ligger han inne för då?

– Det vet väl inte jag, det tänkte jag att ni kunde svara på. Han kom med ambulansen.

– Jahaja, svarade expediten lite ointresserat som om det varit frågan om någon reservdel på en bilverkstad, jag ska höra om det har kommit in någon.

Expediten ringde ett samtal medan Orvar oroligt gick omkring i väntrummet, och i den lite opassande oroliga belägenhet han just då befann sig i hade han heller inte många sekunders tålamod med något som gjorde att han fick vänta lite extra på besked. Han hann tänka mycket som han inte sa högt den stunden, som att expediten nog vunnit sitt jobb vid disken på någon skönhetstävling och liknande och det var nog tur för både honom och andra runt omkring att det bara var något som rörde sig i hans egna tankar och bara i enstaka fall kom ut som muttranden och suckar. Något man ändå säkert kan säga var att hans otålighet fick honom att osaligt trava fram och tillbaka i rummet, peta på saker han inte borde och i allmänhet vara störande för de andra patienterna som tålmodigt väntade på sin tur att få uppsöka en läkare eller en annan patient.

– Vad hette han sa du? ropade expediten efter ett tag till honom från andra sidan disken, fortfarande med telefonen vid örat.

– Bengtsson! nästan skrek han tvärs över väntrummet, hur många gånger ska man behöva säga det.

Expediten upprepade vad Orvar hade sagt. ”Bengtsson, en liten krokig gubbe, med hatt, för några dagar sedan”, samtidigt som hon antecknade något på ett papper, varpå hon vände sig till Orvar som vid det laget stod och knackade irriterande med fingrarna mot disken.

– Är ni släkt, frågade hon sedan.

Orvar som redan för längesedan hade tröttnat på att vänta svarade snabbt ja för att slippa krångla och kanske hamna i nya frågeställningar som skulle hindra honom från att träffa Bengtsson. Vad han visste så hade inte Bengtsson några närmare släktingar, åtminstone inga som han kände till och enligt Orvar var ju han så nära man kunde komma.

Till slut gav expediten ändå upp och reste sig upp ur sin stol, lutade sig fram över disken och räckte Orvar en lapp med ett nummer samtidigt som hon pekade med hela armen, bort över väntsalen mot en mörk dörr.

– Avdelning 23, där borta, genom dörren, uppför trapporna bara, sedan tar du till höger så är du där. Rumsnumret har du på lappen.

Sedan gav hon lappen till Orvar och de tre vännerna rusade iväg så snabbt de kunde så att hon på nytt kunde återgå till det hon gjorde innan, troligen ingenting enligt Orvar.

Då de kom till Bengtssons rum och gick in var det först med en viss tvekan men sedan en högtidlighet och respekt som inte var alldeles vad Orvar var van vid, lite som att gå in i en kyrka där det till och med för Orvar kändes som en alldeles naturlig ordning att ta av sig kepsen.

Rummet var ett alldeles vanligt sjukhusrum, lite magert med skåp och garderober, men ett litet sängbord där det stod ett vattenglas och ett tomt papperstråg för att lägga använda kanyler och annat sjukhusskräp. Det luktade svagt av rengöringsmedel, mediciner och kaffe och från korridoren hördes musik från någons radioapparat. I en säng mitt i det enkla rummet låg också Bengtsson, omgiven av blinkande apparater och sladdar, hopvikt på ryggen och med täcket vilande som ett tält över knäna. I näsan hade han ett smalt rör för lite extra luft och på kroppen satt det sladdar som mätte olika saker, eller som Orvar tänkte, gav honom lite extra energi om han behövde. Hatten hade de tagit av honom så han var lite olik sig där han låg, men trots det och att han nog var lite blekare än vanligt så var det ingen tvekan om att det var Bengtsson som låg där, och i alla fall apparaternas stilla men jämna blinkande talade sitt tydliga språk, att han ändå levde, vilket åtminstone gladde dem lite där de stod och såg på honom. Tagen av situationens allvar kunde Orvar ändå inte hindra att det åtminstone stockade sig i halsen och tårar trängde fram i ögonvrån när han såg honom där i sängen. Det var utan att överdriva påtagligt svårt för honom att ens säga något där han stod och såg på det hopvikta byltet i sängen. Det var som om tusen tankar flockades i huvudet på honom, om allt roligt de gjort tillsammans, deras promenader, detektivbyrån, korvar och kaffe och hur pigg och glad han ändå varit de sista dagarna. Han kunde inte för allt i världen begripa hur någonting skulle kunna bli sig likt utan en sådan vän som Bengtsson och det var helt enkelt hopplöst att tänka sig någon annan lösning än att Bengtsson skulle bli frisk, från vad det nu var han hade drabbats av. Men mitt i allt elände så kunde ändå Orvar glädjas över att Bengtsson levde där i sängen. Det hopvikta byltet under tälttäcket var inte borta för alltid, så då kunde han nog överleva hur dåliga oddsen än var för det och Orvars sorg och oro kunde blandas med glädjen över att återse sin bästa vän igen.

Nu var det trots allt inte helt okej ändå eftersom Bengtsson bara låg där och inte sa ett enda ord och när en läkare till slut kom in i rummet där de alla stod kring Bengtssons säng, fick de tre vännerna också bekräftat för sig hur illa det verkligen var ställt med deras gemensamma vän.

– Ni känner honom, eller hur? frågade läkaren när han kom in, samtidigt som han såg på dem över kanten på sina glasögon.

Läkare har en viss inverkan på människor. Så fort de dyker upp i sina vita rockar och ser på en så är det som om man alltid befarar det värsta, detta gällde i synnerhet Orvar. I samma ögonblick som läkaren trädde in i rummet var det som om Orvar blev både stum och stel i hela kroppen och inte riktigt kunde visa prov på något av den sprudlande talförmåga som vi är vana att se hos honom. Skräcken över vad läkaren eventuellt skulle komma att säga lamslog honom och han visste inte längre om han var beredd att höra någonting om Bengtssons tillstånd. Bra eller dåligt hade egentligen samma klang när det kom från en läkare, åtminstone när man som Orvar redan var inställd på det värsta.

– Kommer Bengtsson att dö nu? frågade Lisa som ändå inte drog sig för att ställa de frågor som andra kanske inte ville eller vågade fråga.

– Nej, nej! Dö, det kommer han nog inte, svarade läkaren lite överrumplad av frågan. I alla fall inte än på ett tag. Om han bara sköter om sig så kan han nog leva länge till skulle jag tro.

– Ja men! vad är det för fel på honom då?

– Ja, sa läkaren medan han sökte de rätta orden. Vet ni om han har ansträngt sig mer än vanligt på sista tiden? Jag menar, har han jobbat ovanligt hårt eller gjort något annat väldigt ansträngande eller kanske något som är mer än vanligt spännande.

– Det vet jag inte, sa Orvar till slut lite tveksamt, fast han ändå inte kunde låta bli att tänka på allt springande fram och tillbaka genom staden, en minst sagt omtumlande utlandsresa och hur han till sist dragit honom med på en motorcykelfärd som väl var mer än de flesta skulle klara. Det gav honom också lite dåligt samvete när han nu såg hur läkaren stod där i samma rum och talade så där viktigt om Bengtsson. Ett samvete som gnagde i honom och fick honom att önska att det var han som låg där i sängen istället för Bengtsson. Det var ju i någon mening han själv som dragit honom med på alla knäppa upptåg, han som höll ett sådant tempo så att Bengtsson inte orkade med och han som körde den förbannade motorcykeln, även om inget av det egentligen varit meningen från början. En flod av förebråelser störtade över honom i den stunden och som många andra som varit i den situationen kunde han inte hjälpa att han gav sig själv skulden för att det hela blivit som det blivit.

– Nu är det så, sa läkaren sen, att det hela verkar vara en kombination av olika saker. Han har drabbats både av en ganska kraftig förkylning och samtidigt en mindre lunginflammation. Och det i kombination med en ganska stor ansträngning, särskilt i det här varma vädret gör att hjärtat kanske inte riktigt orkar med, särskilt när man börjar bli lite äldre som er vän här. Man kan säga att blodet har proppat ihop sig lite i en av ådrorna kring hjärtat på honom vilket gjorde att det tog stopp ett tag, helt enkelt en liten hjärtattack. Sådant brukar kunna hända och om det var hans svaga allmäntillstånd som orsakade förkylningen eller förkylningen som fick hans hjärta att tappa orken är omöjligt att säga men för honom var det väl mer eller mindre en tidsfråga innan det skulle ske.

– Kommer han att bli bra igen då, frågade Lisa.

– Nu har han fått lite mediciner som ska hjälpa till så det kommer han säkert, men han måste helt enkelt ta det lite lugnare ett tag framöver, mest vila för honom alltså och med tanke på lungorna så kanske han inte ska bada i några kalla sjöar den närmaste tiden. Det är heller inte tillrådligt att gå med blöta kläder någon längre tid i hans ålder och så kan det förstås inte bli något hejdlöst springande för Bengtsson.

– Eller motorcykelåkande, tänkte Orvar fortfarande bedövad av sitt samvetes inre röst, en röst som ömsom anklagade honom ömsom krävde honom på svar.

– Kommer han att bli ännu mera krokig nu då?

Nu skrattade läkaren lite åt Lisa som ju hade den fördelen att hon var barn och liksom barn i allmänhet och fulla i synnerhet, kunde hon utan vidare ställa sådana lite barnsliga frågor utan att folk skulle tycka att hon var korkad, eller för den delen ovanligt rättfram.

– Inte blir man krokigare av det här, fortsatte läkaren. Förr kunde man visst få sjukdomar som gjorde att kroppen blev lite annorlunda och det var allvarliga saker det med, men inte kroknar man så av en förkylning. Krokig som han är nu blev han ju för ganska längesedan och det är han ju förresten frisk från nu även om det nog (minst sagt) har satt sina spår, det kan man nog säga. Men är kroppen lite svagare så har man också lättare att få infektioner och andra sjukdomar, det kommer man inte heller ifrån. Är man stor och stark så klarar man helt enkelt det mesta lite bättre, åtminstone då det gäller hälsan.

– När jag blir stor ska jag också bli doktor, sa Lisa sedan, för då kan jag laga Bengtsson och ge mamma mediciner om hon blir sjuk.

– Det tycker jag är en bra idé, sa läkaren och satte försiktigt på henne sitt stetoskop så att hon också kunde få lyssna på sitt eget hjärta och lungor.

– Orvar ska bli detektiv, sa Lisa då så att stetoskopet fick det att överraskande mullra till i öronen på henne.

– Det låter bra det med, sa läkaren och log åt både Lisa och Orvar. Pannkaksmamman log också sitt allra bredaste leende och hela hennes ansikte riktigt sken av den moderliga stolthet hon just då kände.

Det var till och med så att Orvar ett ögonblick kunde känna sig lite bättre till mods av mammans leende. Ett sådant förunderligt ögonblick, då ett enda litet leende kan både torka tårar och locka skrattet tillbaka. Orvar kände sig med ens väldigt lyckligt lottad som hade så mycket att glädjas åt; pannkaksmammans leende som smittade som skratt, Lisa som kunde få till och med det tråkigaste att bli lättsamt och Bengtsson som när allt kom omkring verkade ha klarat sig ganska bra ur sin förhållandevis svåra sjukdom.

Det var också i det lite osannolika ögonblicket då Orvar gladdes som mest åt pannkaksmammans närvaro och Lisa som bäst lyssnade på, än sitt eget hjärta, än på Orvars och en stund också på Bengtssons, som han för första gången medan de var där, öppnade ögonen.

Om det var för att de alla stod där runt Bengtsson, om det var för att Lisa använde stetoskopet på honom eller om det faktiskt var någon inre lust att få vara med som gjorde att Bengtsson vaknade till just då, gick inte riktigt att säga. Men det var i en stund av stor förvåning som alla i rummet tystnade och bara såg på Bengtsson som ett par gånger blinkade med ögonen medan han sakta tycktes börja återfå fattningen. I ett tillstånd av yrvaken förvirring samlade han sig och då han plötsligt också såg vilka som stod i rummet tycktes han först ta lite sats innan han till slut, lite väsande, rosslade ur sig några knappt hörbara ord.

– Väskan Orvar! Väskan. Det var i stort sett också vad Bengtsson lyckades få ur sig innan han återigen slöt ögonen och föll tillbaka i sängen med en suck.

– Titta! utbrast Lisa. Han tittade!

– Jag har med mig en tidning, sa Orvar som inte ens hört att han yttrat sig men som i ett euforiskt glädjerus över att något hänt med Bengtsson helt enkelt sa det första han för tillfället kom att tänka på.

Men vid det laget då Orvar lade tidningen på hans säng hade Bengtsson redan återgått till sina drömmar och både ögonen och hans krökta kropp vilade åter tungt under lakanstältet där i sängen. Läkaren synade de blinkande apparaterna, lyssnade lite på hans hjärta med stetoskopet och konstaterade sedan torrt och förståndigt att han nog behövde vila lite och att det för allas skull vore bättre om de lät honom vara och istället återkom imorgon.

Orvar torkade sina både sorg- och glädjetårar och lade till sist tidningen vid sidan om sängen så att Bengtsson skulle ha något att sysselsätta sig med då han vaknade igen. Sedan gick de tre, lite tyngda av hela situationen, men ändå glada och lättade över att han ännu var vid liv, hela vägen genom sjukhuset och ut i den ännu vackra sommardagens soliga sken.

Den tidigare så vårystra fågelsången hade numera tystnat i träden och bara då och då ersatts av några lite ynkligare pipanden efter mat av helt nyblivna fåglar. På gatorna var det ganska tomt på både människor och trafik och där de gick hemåt i sommarsolen kunde de inte låta bli att tänka på Bengtsson som låg kvar där, ensam i sin säng och vad de skulle göra medan de väntade på att få komma tillbaka och hälsa på honom igen. Även om Orvar nu hade tid till det så hade han inte riktigt någon lust att ägna sig åt något mer detektivarbete just då. Städningen kunde också få vara så länge och även om det inte fanns så särskilt mycket som han egentligen hade lust eller ork till att göra så var en sak i alla fall säker; nu kunde Orvar passa på att bjuda de båda damerna på den fika som han redan i flera dagar hade tänkt göra men som av flera skäl ännu inte riktigt blivit av.

*

Redan nästa dag och så tidigt han överhuvudtaget kunde, begav sig Orvar återigen till sjukhuset för att besöka sin vän.

Inget hade riktigt varit som det brukar för Orvar sedan han fick reda på hur det var fatt med Bengtsson och han hade inte kunnat tänka på så mycket annat än det. Otåligt hade han gått fram och tillbaka i sin lägenhet och försökt få ihop allt som hänt. Portföljfallet var som bortblåst och hade istället ersatts av en gnagande oro över hur det skulle gå med den uppochnedvända mannen på sjukhuset. Hur skulle det nu gå med allting? Skulle han må bättre nästa dag? Och vad skulle de kunna göra och ägna sig åt i framtiden som inte verkade så ansträngande på Bengtssons hjärta? Att han inte skulle bada gjorde för all del inte så mycket, det hade Bengtsson ändå inte varit något vidare intresserad av att göra. Han kunde väl sitta i en stol och se på när Orvar badade, på så vis kunde ju båda få göra vad de kunde och de behövde inte heller oroa sig så för gubbens vila. Det var ändå så de alltid hade gjort så det var inget konstigt med det. Men om de nu inte kunde hålla på med spännande fall i en detektivbyrå! Vad skulle de då göra istället? Skulle de bara bli sittande i någon park då, eller kanske bli tvungna att byta jobb? Bengtsson kanske kunde räkna muttrar på en verkstad, tanken om verkstadsjobb hade ju faktiskt slagit dem och kommit på tal som något de kunde syssla med i framtiden. Eller varför inte arkeolog? Det verkade ganska lugnt och avspänt på något sätt. För om till och med gamle kungen kunde och orkade med sådant så borde väl Bengtsson också kunna göra det, han hade i alla fall en del anatomiska färdigheter som särskilt lämpade sig för att titta ner i utgrävningar och jordhögar.

Hur det än var med allt det praktiska så kunde Orvar helt enkelt inte sluta tänka på hur Bengtsson hade legat där på sjukhuset, under sitt lakanstält, utan att så mycket som titta upp eller ned, bara mumla något obegripligt som om han yrade eller talade i sömnen.

Ivrig som Orvar ändå var över att Bengtsson skulle tillfriskna och inte behöva ha tråkigt där på sjukhuset hade han varit vaken nästan hela natten. Han hade otåligt vankat av och an och funderat över vad han skulle kunna göra för sin vän. Han hade vänt upp och ned på allt möjligt för att komma på något som skulle göra det lättare och lite roligare för Bengtsson på sjukhuset och han hade letat efter både korsordsbilagor och en hel del annan spännande läsning bland sina tidningshögar i arkivkartongerna. Det var som han ofta hade sagt om sitt samlande på saker; "man vet aldrig när något kommer till användning" och nu fanns det plötsligt ett sådant tillfälle, där det kunde vara på sin plats att gå igenom arkivet igen.

Det var således försedd med en lite sliten papperskasse, både innehållande lite blandade och bleknade urklipp och en del tummade bilagor ur gamla tidningar som han på nytt gav sig av mot sjukhuset den morgonen. Trött och lite nedslagen av nattens aktiviteter var det alltså som Orvar ännu en gång, både tyngd av allvaret men samtidigt också ivrigt beslutsam, banade sig väg igenom sjukhusets lågmält färgglada labyrinter för att se hur det var ställt med sin gamle vän och vapendragare.

Då Orvar kom in i rummet där Bengtsson låg överraskades han först av att han redan var vaken där i sängen. Han hade ju förväntat sig en Bengtsson fortfarande nedbäddad i sitt lakanstält och hela hans kropp var inställd på ett lugnt och stillsamt möte med en person som inte direkt kunde säga något eller svara emot. Det var heller inte i närheten av lika mycket maskiner och mätare som blinkade i rummet längre, bara någon elektrisk apparat som höll uppsikt över hans puls och en tryckknapp i en ledning med vilken han själv kunde kontrollera att personalen justerade nivån i hans juiceglas eller såg till att han fick uppsöka toaletten.

Bengtsson plirade också lite förskrämt genom två halvöppna ögon då han fick syn på Orvar, som om han just öppnat dem och det blivit för mycket ljus på en och samma gång.

Lite olycksbådande var det att läkaren från dagen innan och en sjuksköterska också var där i rummet när Orvar kom. Men eftersom de flesta apparaterna var borta och Bengtsson också tittade på dem så tydde ändå det mesta på att den värsta faran var över. I huvudsak var de där för att se till honom och de pratade alla lite förstrött om ditt och datt i allmänhet och hans hjärta i synnerhet. De upprepade om och om igen vad han måste tänka på, hur det var och vad han borde och inte borde göra och återigen kände Orvar hur hans samvete gnagde honom. Han kunde helt enkelt inte låta bli att tänka på att det ändå kunde ha varit han som hade orsakat allt det här. Inte minst efter all den aktivitet han hade dragit in Bengtsson i, allra helst kring detektivbyrån. Hade de bara varit lite mer som andra, lite mer som vanligare människor och kunnat nöja sig med att mata änderna i parken, så hade kanske inget av det som hände kunnat hända. Ändå var det glädjen som faktiskt övervägde då han klev in genom dörren till Bengtssons rum.

– Hej på dig Bengtsson din gamla gubbe!

– Där är ju du igen, sa läkaren då han plötsligt såg Orvar i dörröppningen. Jag berättade just för Bengtsson här att han måste börja ta det lugnare om han ska kunna bli frisk och hans hjärta ska orka med lite längre. Han är ju inte någon ungdom längre så han kanske ska göra mera sådant som pensionärer gör framöver, som inte är så påfrestande, menar jag, det behöver ju inte bli tråkigt för det. Sedan är det nog bäst att han stannar här några dagar också, bara så att vi kan ha lite uppsikt över honom och för att det inte ska inträffa några oväntade komplikationer.

– Ja det är nog bäst så, svarade Orvar medan han såg på gubben som trots att han var vaken ännu inte såg helt kry ut i sin säng medan läkaren och sköterskan lämnade dem ensamma. Hur känns det?

– Jo det är väl som det är, huvet ner och fötterna upp som vanligt, svarade Bengtsson medan han försökte sig på ett leende.

– Jag tog med mig lite saker så att du har något att göra, sa Orvar samtidigt som han gav honom papperspåsen med tidningsurklippen och satte sig på en stol bredvid sängen. Jag tänkte att det väl inte blir något vidare roligt att ligga här hela dagarna.

– Säg inte det, svarade Bengtsson redan mycket piggare, du har väl sett vilket hus det här är, helt otroligt! som en liten stad. Här finns nästan allt man kan behöva och skulle inte det räcka så finns det både en kiosk och ett kafé där nere där du kom in. Förresten, du vet väl vad som händer om man trycker på den där knappen i snöret? Då kommer det roomservice.

Bengtsson skrockade lite åt sitt skämt, som om han medvetet försökte påverka Orvar att bli lite gladare än han verkade där han satt och såg på sin vän i sängen.

– Men det är väl inte något ställe man vill bo på menar jag.

– Äh! Sköterskorna är jättetrevliga och så får man ju juice eller kaffe, fem gånger om dagen, säkert oftare om man vill det. Och så kommer ju du med läsning också, sämre har man nog kunnat ha det, håller du inte med?

– Vi var så väldigt oroade för dig.

– Inte hade ni behövt känna så.

– Ja men, sa Orvar lite urskuldande. Först visste vi ju ingenting och trodde att du bara gick omkring i tofflorna hemma när du inte kom förbi. Sedan fick vi ju veta om att du var här och då visste vi ju ingenting om vad som egentligen hade hänt och jag såg att du bara låg där med en massa sladdar och då blev jag så himla rädd att du inte skulle bli bra igen. Du hade ju kunnat dö eller något! Herregud, det finns ju inte så många som dig Bengtsson. Ja, jag fattar inte vad vi skulle göra utan dig om du inte skulle komma hem igen.

– Det är väl inte så mycket att sakna en sådan gammal gubbe som mig heller.

Även om han inte kunde hjälpa det som hände och egentligen inte visste vad han skulle kunna göra åt det heller, så kände också Bengtsson ett styng av skuldkänslor. Han kunde ju aldrig föreställa sig att han betydde så mycket för någon annan. Samtidigt skänkte det ju en stor värme att få en sådan vänskapsförklaring från en sådan som Orvar, som ju vanligtvis hade väldigt svårt för att uttrycka sådana personliga känslor, åtminstone för något annat än rent praktiska saker.

– Du anar inte. Men nu måste du berätta. Vad var det som hände där på vägen egentligen?

– Ja du, sa Bengtsson medan han ansträngde sig för att försöka minnas något av händelsen. Jag var väl på väg hem till dig vad jag kommer ihåg. Det var väl i alla fall oftast dit jag brukade vara på väg. Du vet det här med detektivbyrån. Det var någonting viktigt tror jag, någonting jag var tvungen att komma ihåg och plötsligt så blev det bara mörkt, sådär som när man släcker lampan-mörkt. När jag vaknade så var jag här, så var det för mig alltså. Mer än så vet inte jag. Det måste ha varit något med detektivbyrån, fast nu kan jag förstås inte alls komma ihåg vad det var. Det är ju typiskt.

Nu fick Orvar tänka efter lite. Vad var det nu läkaren hade sagt? Att det var dags att dra ner på tempot lite, åtminstone om Bengtsson skulle orka med. Han fick helt enkelt inte tänka så mycket på det som kunde göra honom upphetsad eller överansträngd. Detektivbyrå eller inte. Vissa saker fick man nog bara lov att ta en paus ifrån ett tag för att inte råka ut för mer tråkigheter. Så om man skulle följa läkarens ordination fick det nog bli lite mer vanliga saker, korta promenader och pensionärssysslor istället för ett alltför spännande deckarliv om Bengtssons hjärta skulle orka.

– Tänk inte så mycket på det där nu, fortsatte Orvar. Men jag har tänkt lite på en sak…

– Vad bra, för jag kan inte komma på vad det var jag skulle komma ihåg, hur mycket jag än tänker.

– Det är kanske dags att vi lägger det här med detektivbyrån på is ett tag, åtminstone tills du är frisk igen, så får vi se efter det. Bara ta det lite lugnare, menar jag.

– Vad är det för dumheter! utbrast plötsligt Bengtsson som om han genomgått något sorts omedelbart mirakulöst tillfrisknande. Vad skulle vi då göra hela dagarna menar du? Lösa korsord och mata duvorna i parken som gamla gubbar?

Trots att det var (ungefär) precis vad Orvar menade med att ta det lugnt och varva ned, så verkade det komma som en fullständig överraskning för Bengtsson och även om han förstått det här med att han inte längre var så ung så kunde han inte riktigt se sig själv som en av de andra pensionärerna. Det gamla var som ett skal som liksom hade smugit sig på honom utan att han höll med om det, som om han inte riktigt ville känna igen sig i pensionärsrollen och nu var det nästan som om han ville resa sig ur sängen när han på nytt såg på Orvar. Och Orvar höll själv nästan på att ramla ur stolen av överraskningen. Först verkade det nästan som om Bengtsson ville bo på sjukhuset och tillbringa dagarna med att dricka kaffe och i nästa stund ville han leva detektivliv igen. Det gick inte riktigt att få ihop för Orvar. För honom var det ju Bengtsson som var den fasta punkten i tillvaron, han som inte hoppade från det ena till det andra utan vidare, utan höll ordning på Orvars impulsiva snedsteg i livet och nu var det istället som om sjukdomen hade förändrat hans personlighet. Hur skulle det kunna fungera? Om båda var som Orvar skulle det kunna bli alldeles tokigt, det förstod till och med han, men varför Bengtsson hade förändrats så, det förstod han inte. En del saker gick bara inte att begripa, så var det.

– Det är väl det som är livet, fortsatte Bengtsson, att ha något att se fram emot, något som ger lite spänning. Hur skulle det annars vara? Bara samma sak varje dag känns inte så vidare upplyftande. Jag kan väl för all del inte hjälpa att livet tog tvärstopp för mig just här. Men det var inget jag dog av i alla fall. Ett litet motorstopp kanske, men det kan jag säga, att än är inte tanken riktigt tom.

Det verkade bestämt som om Bengtsson inte längre riktigt ville se hur allvarlig hans egen situation var och samtidigt hamnade också Orvar i en lite märklig situation där han inte riktigt kunde bestämma sig för vilket ben han skulle stå på. Han kände sig plötsligt väldigt osäker på hur han skulle göra för att vara alla till lags. Läkaren säger på ett sätt och Bengtsson säger på ett annat och själv visste han inte längre. En sak Orvar i alla fall kunde känna sig glad över var Bengtssons till synes plötsliga tillfrisknande och han förstod samtidigt att det nog inte var något bra läge att påminna Bengtsson om korsorden han tagit med åt honom.

– Jag tänker då i alla fall inte bara sitta och vänta på slutet som någon annan gammal gubbe, det är säkert det. Det får vi leva med Orvar, något måste vi ju ha att göra och jag kan ju inte varje dag ha sådan otur så att jag ramlar ihop och tappar minnet.

Här gjorde Bengtsson en ganska lång paus som om han plötsligt kommit på något, men inte riktigt kunde komma på vad.

– Det var förresten någonting jag skulle komma ihåg, fortsatte han sedan, jag tror det var en väska. En väska var det bestämt! ser du någon sådan? Jag måste ha haft en väska med mig när det hände. En sådan där liten, brun portföljväska.

Orvar som inte ägnat vare sig detektivbyrån eller den slätstrukna mannens försvunna portfölj någon större tanke den senaste tiden, började plötsligt också se ett samband växa fram.

Kunde det vara så att Bengtsson hade den slätstrukna mannens väska, väskan han hade letat efter och att gåtans lösning plötsligt var alldeles nära, eller var det så att Bengtsson fortfarande bara yrade och att det inte fanns vare sig någon väska, portfölj eller någon lösning överhuvudtaget. Så mycket Orvar han nu var så glömde han i vanlig ordning också allt som tidigare varit viktigt och ägnade istället all sin tänkande kraft åt ett stundande detektivarbete och gåtan med Bengtssons förmodat försvunna väska. Han sköt med andra ord, ganska snabbt, tankarna om Bengtssons allvarliga tillstånd åt sidan och påbörjade istället ett febrilt sökande efter den eventuellt befintliga väska som Bengtsson inte kunde sluta prata om. Och hur sjuk han än var eller varit så kunde just inget vara mer uppfriskande för Bengtsson där i sängen, än att se Orvar lägga sin tidigare oro åt sidan och istället helt gå upp i något galet fall som sitt alldeles vanliga jag.

I sin alldeles vanliga iver satte Orvar också igång att söka efter ”väskan”. I skåp, under sängen och alla andra ställen i rummet som en sådan skulle kunna ligga på sökte han och när ingen sådan hittades så bar det också genast av emot avdelningens reception, för att undersöka om den förvisso relativt ointresserade personalen där eventuellt kunde ha tagit vara på något dylikt.

Även om det nu inte var någonting man normalt sett gör en stor sak av, så brukade Orvar kunna riva upp himmel och jord över även de minsta saker. Och det var väl ungefär vad man skulle kunna befara den här gången också. Inget var riktigt heligt för Orvar, inte ens ett sjukhus, när det kom till att lösa ett så ovanligt spännande fall för deras lite oansenliga detektivbyrå.

När han inte fick något svar angående väskan på ett ställe rusade han vidare som en galen hund till nästa och nästa. Hela tiden upprepande samma fråga om väskan som skulle ha följt med den dubbelvikta mannen, men ingen tycktes känna till något om någon väska och till slut pekade allt mot ett enda ställe, ambulansen. För om Bengtsson nu hade fallit ihop där på gatan och inte väskan låg kvar där, så borde den rimligtvis ha följt med honom i ambulansen och om den som det verkade inte fanns att hitta någon annanstans, så borde den också kunna vara kvar där. Det verkade, åtminstone i stunden, mest logiskt.

Genom korridorer och källarkulvertar gick sedan hans galna framfärd i en sådan rasande fart att han inte ens märkte att han nära nog sprang omkull två städerskor med moppar och allt och att till och med kepsen flög av och blev ensam kvar på det kalla, våta källargolvet.

Väl framme vid garaget med ambulanserna gick han så våldsamt fram i sin framhärdade envishet så att personalen där nästan tvingades spänna fast honom vid en bår för att han skulle hålla sig still och inte riva ner hela stället. Två ambulanssjukvårdare fick till slut lov att hålla fast honom medan en tredje nära nog tvingades ge honom lugnande medel innan stormen slutligen bedarrade. Som vanligt tycktes omgivningen med andra ord ha ganska liten förståelse för Orvars lite egensinniga sätt att hantera saker och ting. Men så var det ju också så, att i hans föreställningsvärld var han ju nära lösningen på ett mysterium som han trodde skulle avsluta fallet med den slätstrukna mannens portfölj och när saker och ting brukar dra ihop sig till sin lösning kan det som sagt gå lite hett till.

När Orvar slutligen lugnat ner sig där i ambulansgaraget och det stod klart för ambulanspersonalen vad det hela egentligen hade handlat om blev det hela istället mycket enkelt. De hade visst hittat en väska, en brun väska med handtag, men eftersom det inte stod något namn eller adress i den så kunde ju ingen heller veta vart den skulle. Så istället hade den helt enkelt fått ligga i ett skåp för upphittade saker i väntan på vidare transport.

När allt hade klarnat för de inblandade följde den sedvanliga formalian med att så gott det nu gick intyga att han var den han utgav sig för att vara och efter att ha skrivit under ett papper på att han hämtat väskan fick han till slut ta den med sig därifrån. Därefter kunde han också utmattad av ansträngningen och på lite vingliga ben ta sig tillbaka till Bengtsson som för tillfället, inte helt överraskande, avnjöt en kopp av sjukhusets kaffe med tillhörande skorpa, samtidigt som han bläddrade lite bland Orvars medförda tidningsklipp.

– Nu du Bengtsson, sa Orvar när han med sin senaste erövring synbart nöjd klev in genom dörren, jag tror banne mig att du har löst mysteriet med den försvunna portföljen.

– Vilket mysterium? frågade Bengtsson samtidigt som han nyfiket tittade upp ifrån högen med tidningsurklipp.

Sedan berättade Orvar, så översvallande och energiskt som bara han kunde för Bengtsson om allt som hänt sedan motorcykelolyckan. Om den slätstrukna mannen och hans försvunna portfölj, om hur han varit på väg till Bengtsson när han fick reda på att han var på sjukhuset. Hur ledsen han först blivit över att se honom där och hur glad han sedan blev då Bengtsson visade sig ha överlevt trots allt. Han berättade om hur pannkaksmamman och Lisa hade följt med till sjukhuset för att besöka honom, om den alldeles överväldigande korvpresenten och hur han nu trodde att allt kring det mystiska portföljfallet, tack vare den till synes helt ovetande Bengtsson, ändå verkade vara löst.

Bengtsson lyssnade också roat till hans berättelse samtidigt som han då och då nickade, skrockade till när det blev särskilt tokigt och gladdes åt att allt verkade ha löst sig så bra för dem alla.

– Så du har träffat Lisa och hennes mamma? sa han sedan. Det var fint.

– Ja, sa Orvar, och nu verkar jag kunna lämna tillbaka portföljen till mannen också och få vårt arvode för jobbet. Sedan kanske vi kan ta semester igen.

– Kanske åka till Danmark.

– Jag vet inte det, sa Orvar tveksamt, jag är inte så mycket för Danmark jag.

– Nej, du är väl inte det.

De skrattade båda en stund åt tanken på vad som skulle ha kunnat hända om de skulle åka någonstans igen och de tyckte väl båda samstämt att hemma nog var bäst ändå. Åtminstone var det bäst för Danmark om de inte kom på besök dit något mer. Möjligen var det också en långt mycket rimligare tanke att göra sådant Bengtsson skulle gilla och kanske fiska vid någon sjö eller liknande där inte så många skulle störas av att de var i närheten.

– Det är ändå något jag inte riktigt förstår med den där väskan, sa Bengtsson sedan. Bara någon dag efter motorcykelkraschen var jag i parken igen och då låg den där på bänken, bara en ensam väska på en bänk, som om någon hade glömt den eller bara lämnat den där. Först såg jag mig om för att se om det var någon som verkade leta efter den eller sakna något, men det var ingen där. Ingen som letade efter någon väska i alla fall. Ingen av dem jag frågade verkade veta någonting om något som skulle kunna ha med en bortglömd väska att göra. Jag tog den förstås med mig för att lämna in den till polisen senare, men så tittade jag i den för att se efter vems det kunde vara och det var det som var så konstigt.

– Det stod väl inget namn.

– Nej, men jag kunde ändå inte låta bli att titta vad som fanns i väskan och det var då jag fick så bråttom hem till dig och allting hände med hjärtat och det.

– Vad var det då! utbrast Orvar vars nyfikenhet nästan hade nått bristningsgränsen. Var det en bomb eller något?

– Nej inget sådant. Vid första anblicken var det bara en bunt med papper, men det är nu det blir så märkligt. Det är ett manuskript, till en bok eller något, en jättekonstig berättelse, men du får titta själv.

Orvar öppnade väskan och i den låg mycket riktigt en ganska rejäl bunt med papper ihopsatta med någon sorts gammaldags pappersklämma. När han tog ut den blev han mycket riktigt alldeles stum, det var något alldeles särskilt konstigt med titeln och han förstod med ens vad det varit som fått Bengtsson att bli så exalterad.

Bengtsson som hade druckit upp sitt kaffe hade också nära nog satt sig upp i sängen i rena upphetsningen och han såg på Orvar som om han ville att han genast skulle säga något om vad han tyckte om manuskriptet. Orvar som knappt kunde få ur sig ett ord bara såg på Bengtsson som ivrigt nickade tillbaka.

– Nå, vad tror du, sa Bengtsson igen lite lågt viskande som om han inte ville att någon utanför skulle höra honom. Vem kan ha skrivit det? Kan det vara den där klienten med portföljen som du pratade om?

– Det står inget namn någonstans?

– Inte vad jag har kunnat se.

Nu verkade Bengtssons sjukdom plötsligt som bortblåst och det enda som påminde om att han egentligen var sjuk var den lite gråtråkiga sjukhuspyjamas med öppningen bak som de tvingat honom att ha på sig under tiden han var där, och lite sladdar från Bengtsson som fick apparater att blinka uppfodrande om hans tillstånd. Då Orvar återigen läste titeln på manuskriptet var det ändå som om han inte längre befann sig på ett sjukhus. Överväldigad av tanken på vad det hela kunde röra sig om fick han först inte heller fram ett ord där han stod, utan bara gapade som en hungrig fågelunge medan hans blick nervöst flackade från pappersbunten till Bengtsson och tillbaka till bunten igen.

"Högt och lågt med Bengt och Orvarsson"

– Vad är det här! utbrast Orvar sedan. Högt och lågt, som något om höga berg och djupa dalar då, eller?
– Eller kanske om roliga och tråkiga saker. Men du ser väl vad den heter? Bengt och Orvarsson, som om det var något sorts skämt.
– Vadå! handlar det om oss?
– Jag tror det, svarade Bengtsson indignerat.
– Herregud! Det kan väl handla om vem som helst, kan det inte?
– I sådana fall är det väldigt likt oss. Vi är väl inte så vanliga att vem som helst skulle passa in på dig och mig eller vad tycker du?
– Äh! det vet man ju hur författare är. Skarvar och hittar på. Bara för att det står där betyder det ju inte att något av det är sant, förresten heter de ju inte samma sak heller.
– Nä, men det förstår ju varje vettig människa vilka det egentligen handlar om. I synnerhet som det bara handlar om saker som vi har gjort den här sommaren.
– Vad gör vi för något då?

Nu gick det alldeles runt i huvudet på Orvar. Hur i hela världen kunde någon få för sig att skriva ner en så lång berättelse om dem? Vem kunde det vara och hur hade det i så fall gått till?

– Allt möjligt, mest tokiga saker som att stjäla hundar, bli utslängda från affärer och sätta igång fyrverkerier. Det slutar med att vi kör ner i dammen med en motorcykel.

– Näh! Kan det vara portföljmannen som har skrivit det här?

– Jag vet inte, men jag skulle gärna vilja veta. Det kan ju inte gärna ha varit Osynliga mannen. Förresten verkar det nästan som om personen som har skrivit det har varit med hela tiden, titta här, det står om danmarksresan och hur du glömmer väskan på tåget.

– Det var som sjutton! Men där verkar jag ju alldeles tokig.

– Ja det kan man nog säga.

– Står det att du blir sjuk också?

– Nej, det var ju före det som jag hittade väskan, annars hade det väl varit riktigt konstigt.

– Ja, det hade varit konstigt det.

Orvar fortsatte att läsa lite här och lite där i det mystiska manuskriptet alltmedan han då och då utstötte en del förvånade utrop.

– Nej, det kan omöjligt vara, det är alldeles för orealistiskt, så där gör ju ingen vettig människa.

Där satt så de båda männen och kliade sig förbryllat i huvudet alltmedan de läste om ett par gubbar som väldigt mycket påminde om dem själv och ingen av dem kunde ens föreställa sig vem som kunde ligga bakom en sådan text. Nu hör det ju till saken att en historia som den om Orvar och Bengtsson är för bra för att bara vara, och vem som helst som sett dem i deras framfart genom den lilla staden med omnejd hade nog kunnat ta sig an att skriva ner en liknande berättelse. Det lugnade dock inte ner de båda detektiverna för när de väl nosat upp ett bra mysterium så ville de genast ta sig an det. Och nu handlade portföljfallet istället om ett manuskript som saknade sin författare.

– Vi får helt enkelt ta och söka upp den där portföljmannen, sa Bengtsson plötsligt. Så att vi får veta hur det ligger till med det mystiska manuskriptet.

– Vadå vi! Du är ju sjuk. sa Orvar som plötsligt mindes hur det var fatt med Bengtsson och vad läkaren hade sagt om att han nu var tvungen att ta det lite lugnare.

– Nu är jag nog frisk igen, känns det som i alla fall. Vi får smyga ut när ingen ser. Skulle det sedan bli något så kan man ju alltid smyga tillbaka igen, eller ta en ambulans.

– Du kan väl inte bara gå härifrån, tänk om någon ser dig! Förresten så sitter du ju fast i alla de här sladdarna, så om vi inte ska dra med oss halva sjukhuset…

– Då får vi rymma, sa Bengtsson. Så här kan vi i alla fall inte ha det, du får hjälpa till.

Uppochnedvända Bengtsson som lika plötsligt som överraskande tyckte sig ha fått nog av sjukhus, satte på sig hatten och slet med ett enda tag loss alla sladdar som de hade plåstrat fast på olika delar av hans kropp. Orvar korvar som också insåg det meningslösa i att argumentera med en sådan oresonlig och envis gammal gubbe, såg det därför också som sin plikt att, snarare än att ställa sig i vägen för honom, istället på ett så snabbt och odramatiskt sätt som möjligt under rådande omständigheter, underlätta flykten.

I korridoren hittade Orvar också en rullstol som ingen, åtminstone för tillfället, tycktes använda. En väska med en stickning och lite garnnystan som låg på sitsen lade han åt sidan och rullade sedan tyst in den till Bengtsson som redan stod redo för avfärd.

Vilken tur för dem båda, tänkte Orvar, att de var på ett sjukhus och inte ett fängelse och att personalen där inte tycktes göra annat än att fika mellan rutingöromålen. Det gjorde det så mycket enklare att ta sig ut osedd. Kvinnan i huvudreceptionen var heller inget större problem, gick man bara tillräckligt fort förbi så hann hon inte lyfta blicken från den mobiltelefon, tidning eller liknande som oftast upptog hennes annars så vardagliga uppmärksamhet.

Lika kvickt som de båda en gång kommit dit var de också utanför entrén i sommarsolen och innan någon hade upptäckt att de var borta var de också på väg någonstans, långt därifrån. Rusande på väg mot Orvars ensliga lägenhet och gåtans eventuella upplösning. Orvar som han var och Bengtsson i sina sjukhusnattkläder, portfölj och hatt. I full fart som de brukade, men med den påtagliga skillnaden att det nu var Bengtsson som var först och Orvar som av naturliga skäl sprang bakom.

*

Sjukhus var nog bra, tyckte Bengtsson där han susade fram längs gatorna i sin rullstol. Det var bra med tanke på den nära nog obegränsade mängd kaffe man kunde få och de söta och hjälpsamma flickorna som tog hand om en, men lite enahanda blir det allt i längden att bara ligga där och vänta på att något ska hända. Inte för att han hade behövt vänta så särskilt länge, men tålamodet tröt ändå ganska fort på en person som inte hade någon vidare erfarenhet eller vana av sjukhus. Och korsorden, som Orvar gjort sig sådant besvär med att samla ihop åt Bengtsson, hade han inte ens fått tillfälle att använda.

Nu hörde det till saken att det kanske inte var det bästa ett par tokiga gubbar kunde göra, att rymma från ett sjukhus, det var antagligen inte heller så bra att otillåtet beröva sjukhuset en av deras rullstolar och dessutom köra runt den på allmän plats utanför sjukhusets väggar. Definitivt skulle det vara en samvetsfråga om och när tillståndet eventuellt skulle förvärras för Bengtsson, men det var ändå en fråga som på något märkligt sätt helt hade kommit i skymundan av det överväldigande mysterium de stod inför med det märkliga manuskriptet. Då det här manuskriptet hade satt sådana griller i huvudet på männen fanns heller inte längre en tanke på sådana trivialiteter som sjukdomar, sjukhuskaffe, korsord eller för den delen andra liknande pensionärsgöromål.

Det konstiga med det mystiska manuskriptet var att personen som skrivit det också hade använt sådana formuleringar som ”nu var det ju så” och ”som ni redan vet”, som gav en känsla av att den hela tiden varit med, som en osynlig person som hela tiden visste allt om vad som hände dem och liksom talade till någon som också varit med.

Hur kunde de inte ha märkt någonting, det var helt enkelt obegripligt för dem båda. Den här slätstrukna portföljmannen hade med andra ord en hel del att förklara, det var de båda helt överens om.

Som en märklig slump möttes de också av portföljmannen då de slutligen kom fram till Orvars hus. Han hade passande nog precis varit där för att höra sig för om hur det gick för Orvar med hans försvunnaväskfall då de möttes i dörren. Och lika överrumplad som han blev över att nästan springa in i dem vid ingången, lika mållösa blev de över att slutligen stå öga mot öga med den förmodade gärningsmannen i det underliga manuskriptmysteriet.

– Bra, där är ni ju! sa mannen då han såg att det var dem han mötte. Har ni hittat någon portfölj?

Både Bengtsson och Orvar såg först på varandra i något sorts tyst samförstånd, sedan på mannen och sedan på varandra igen innan de liksom tog sats.

– Jag tror nog att du har lite att förklara, sa Orvar sedan.

– Nu förstår jag inte, sa mannen och såg på de båda männen som om han hade blivit anklagad för något som han inte hade gjort.

– Jo, det är det här med väskan, eller snarare det som är i den, sa Bengtsson medan han tog fram den väska han haft bredvid sig i rullstolen hela vägen från sjukhuset, öppnade den och bläddrade lite på måfå bland innehållet. Det är någonting vi inte riktigt förstår med det här!

– Men det där är inte min väska! sa mannen direkt då han såg väskan. Min är mera en portfölj, det där är ju bara en vanlig väska.

Nu var det som om de båda männen samtidigt tappade målföret och bara kunde stå och gapa åt mannen som ändå tycktes vara så otroligt säker på sin sak. Vad var problemet? En väska är väl en väska och om det nu inte var hans, vems var den då och vart i hela friden hade hans väska i så fall tagit vägen? Hela fallet som med ens och så passande skulle få sin upplösning var nu plötsligt som bortblåst och istället satt de med två helt olösta väskmysterier på halsen.

– Vad är det för något ni har i den där väskan då, som kräver en sådan förklaring? undrade mannen sedan.

– Inget särskilt, svarade Orvar hastigt. Ett manuskript bara, men vi var så säkra på att det skulle vara ditt. Vad är det för dokument som du saknar då?

– Ritningar på en båt som jag har tänkt bygga, en ensamseglare fast utan segel, men det är lite speciella mått på den och jag har inte hunnit ta något patent på uppfinningen. Om dokumenten kommer i orätta händer så kanske någon annan tar patent på min idé. Jag skriver inga manuskript, jag är ju uppfinnare.

Nu stod de återigen och kliade sina bekymrade huvuden. Det var ju den här typen av fall de skulle vara duktiga på att lösa och istället kom de ingen vart. Som att springa in i en återvändsgränd. Av väskan de skulle hitta fanns inga spår och istället hade de en väska utan ägare som de inte blev riktigt kloka på. Orvar korvar hade redan glömt hur bekymrad han varit över upp-ochnedvända Bengtsson och det hade Bengtsson också, förutom att han börjat bli lite sugen på kaffe.

Nu är det ju ändå så att genom nödens försorg kan lösningen ibland komma plötsligt och från oväntat håll. Så var det även den här gången. Medan de tre stod där på gatan utanför Orvars port, kliade sina huvuden och funderade över hur olösligt problemet tycktes vara så hörde de ett avlägset men lite bekant brummande som inte liknade något annat av stadens ljud. Det var inget spinnande eller väsande ljud utan mera ett sådant som skulle kunna uppstå då en torktumlare löper amok fylld av stenkulor och annat skrot. Det var omisskännligt unikt och det kom i alla händelser också närmare dem där de stod. När ljudet var tillräckligt nära så uppenbarade sig också, precis som de trott, ett ganska välbekant ryskt vrålåk med sidovagn i slutet av gatan och smattret som bråkade sig fram mellan husväggarna fick människor att sticka ut huvudena genom fönstren för att se så att det inte var husen som plötsligt rasade ihop. När de sedan var alldeles nära där de alla stod, tutade verkstadsmannen och hans fru med platåskorna gällt och uppfodrande i den antika tutan, innan de slutligen bromsade in med ett omisskännligt tjut ifrån bromsarna. Här var det åtminstone någon som förstod sig på hur och om en så obegriplig sak som en gasspärr (som nog bara kunde kommas på i Ryssland) skulle användas, och för säkerhets skull också var bromsarna på nämnda maskin var placerade.

– Det gick att få fart på den till slut, sa verkstadsmannen så fort han fått tyst på det brölande vrålåket och hjälmen åkt av. När det nu inte längre är någon överraskning med motorcykeln så tänkte vi att vi skulle ta en provtur innan det bär av till Italien. Och du kör fyrhjuling du ser jag, sa han sedan skrattande till Bengtsson då han fick syn på honom i rullstolen.

– Ja, fast som tur är går det inte riktigt lika fort som med din, svarade Bengtsson torrt medan han lite nyfiket betraktade de både excentriska och lite energiska motorcykelåkarna.

– Det var en sak, fortsatte motorcykelmannen. När jag tagit hem motorcykeln från sin lilla simtur nere i parken och torkade ur den så hittade jag den här i sittbrunnen på sidovagnen. Jag har ingen aning om vad det är och kan inte ens föreställa mig hur den kommit dit, men jag tänkte att det kanske kunde vara er.

Han tog fram en portföljliknande väska i brunt läder, lite anfrätt av fukt och bottensediment, ur sidovagnen och gav den till Orvar som stod alldeles häpen. Kunde det vara den andra väskan, den som de först inte kunde hitta? Den försvunna portföljen med den välkammade mannens båtritningar.

– Det ser ut som min väska, sa mannen så fort han fick syn på den, hoppas att den har klarat sig.

Om det nu handlar om en båt så får vi väl hoppas att den också kan stå emot lite vatten, tänkte Orvar medan portföljmannen ivrigt öppnade och inspekterade det lite hoptorkade innehållet i väskan.

– Jag kunde inte hjälpa det, men jag såg att det var ritningar på en båt, sa motorcykelmannen sedan. Om du ska bygga något kanske du kan hålla till hos mig, det verkar som ett intressant projekt det där och lite plats har jag väl över i verkstaden. Jag ska ju på bröllopsdagssemester och någon behöver ändå se över verkstaden till dess att ägaren kommer tillbaka.

På bara ett ögonblick hade det alltså löst sig till det bästa för de flesta parter. Mannen hade fått tillbaka sin portfölj och behövde inte ens bemöda sig om att få tag på en bra plats att hålla till med konstruktionen av sin uppfinning. Verkstadsmannen hade fått tag på en person som utan någon längre betänketid kunde ta hand om verkstaden åt honom och som toppen på allt såg kvinnan med platåskorna nästan barnsligt lycklig ut, där hon satt nedsjunken i deras gemensamma motorcykeldröm och i sina tankar redan var på väg emot de italienska alperna.

Det är märkligt hur allt ibland brukar kunna lösa sig av sig självt bara man har tålamod att vänta. Hur portföljen hade hamnat i sidovagnen från början gick inte riktigt att förstå, möjligen var det bara någon av de saker de dragit med sig i sin vådliga framfart emot fågeldammen i parken och som inte hade uppmärksammats förrän allt vatten hade runnit ur det ryska fordonet och den sista leran torkats ur.

Det väsentliga för Orvar korvar och uppochnedvända Bengtsson var ändå att fallet hade klarats upp och alla var glada. Till och med lite gladare än innan, verkade det som. Och glada blev förstås de båda detektiverna då de på stående fot fick sin betalning, den sedvanliga femhundringen och nu kände att pengarna utan tvekan kunde få gå med dem raka vägen till Korvpelles kiosk vid hamnen och som de inte besökt sedan någon gång långt innan den här berättelsen tog sin början.

Nu återstod bara ett lite förbryllande mysterium för männen att lösa och det var den mystiska väskan med manuskriptet. Men det fick helt enkelt vänta till en annan gång.

Efter att alla hade åkt och de ställt ifrån sig rullstolen på en säker plats i trapphuset, gick de båda männen upp i Orvars numera lite tillstökade lägenhet. Orvar lade omsorgsfullt manuskriptet i en oanvänd papperskasse som han därefter förslöt med lite tejp och för säkerhets skull också märkte med texten ”olösta fall” (fast det egentligen kanske borde stått olösliga fall). Där skulle det antagligen få ligga tills det var glömt eller tills någon speciell person plötsligt frågade efter det. En lapp om en upphittad väska skulle de i alla fall sätta upp i närbutiken, om de fick komma in där och sedan skulle den saken tills vidare antagligen vara ur världen, åtminstone för Orvar korvar och uppochnedvända Bengtsson.

*

Medan solen ännu stod högt på himlen avslutade alltså de båda männen sin ganska händelserika dag med att, tillsammans med en lånad rullstol, först besöka en relativt välkänd korvinrättning, äta en högst vanlig kokt korv med bröd och senap för att sedan promenera gatan upp och i närbutikens anslagshörna över allt annat sätta en lapp med texten:

> *Upphittad väska innehållande ett hittills okänt manuskript, återfås mot beskrivning.*
> *Orvar och Bengtssons detektivbyrå för olösta fall och mysterier.*

Efter det köpte Orvar en helt alldaglig svensk limpa i butiken, för även om inte Bengtsson sa sig vara så mycket för den typen av pensionärssysselsättning så kunde han inte avfärda något innan det hade satts på prov och nu skulle det minsann matas änder i parken så att hans hjärta fick vila och själen kunde få ro.

Väl i parken var det precis så fullt av folk som man kunde förvänta sig en härligt varm sommardag som denna. Eftersom det för de flesta i den lilla staden var semestertider så ville de också mycket hellre tillbringa den ute på kafé omgiven av andra som gick i samma tankar. Och var det något den varma sommaren skänkte till stadens innevånare så var det både ro och glädje till alla dem som hela långa vintern hade längtat efter ljuset. Därför var det närmast fullt i parken den här dagen och om de båda männen ville ha en bra plats med fin utsikt över dammens rika fågelliv fick de nästan slå sig fram bland andra äldre som också månade om fåglarnas väl och ve med sina torra gamla bullar.

Bengtsson hade för en gångs skull tur som redan satt där han satt (när det var så ont om bänkar vid den lilla dammen), men även om han också var en i grunden ganska jordnära person som brukade gilla lugnet och stilla fisketurer tröttnade han emellertid ganska fort på att göra den här typen av pensionärssaker. Utttråkad och rastlös som han också blivit av fågelmatandet så ville han ganska snart göra något helt annat som inte var fullt så stillsamt och enahanda för en som nyligen funnit spänningen i att lösa mysterier i en detektivbyrå. Men även om deckarbacillen till äventyrs kan bita sig fast i de mest alldagliga och jordnära personer så måste man ändå ibland se lite mer realistiskt på tillvaron och backa tillbaka till det som är mer viktigt; att överleva. Efter att de båda ändå tagit sig varsin ordentlig smakbit av brödet slängde till sist Bengtsson resolut hela limpan i dammen inför ögonen på de stumt gapande pensionärerna och lät Orvar rulla honom därifrån innan någon av fåglarna ens hade fattat vad det var som hände.

– Det kanske ändå är bäst att jag åker tillbaka till sjukhuset innan de fattar att jag är borta, sa Bengtsson efter en stund. Det börjar ju bli dags för lite kvällsmat och kaffe också.

– Det kanske är bäst det, sa Orvar medan han sakta sköt rullstolen med sin kanske inte allt för friska vän framför sig genom parkgrönskan.

Så lämnade de båda männen också äventyren bakom sig och tänkte inte så mycket mer på det, där de rullade fram med den behagliga kvällssolen skinande genom lövverket på stadens träd.

Genom doften av korv och kaffe och en del otömda sopor gick deras makliga färd bort från parklivet, måsskriandet och alla måsten. Inga nya fall eller mysterier i sikte och med en sommar som varit så innehållsrik, men som nu närmade sig sitt slut, så gjorde det heller inte så mycket. Det mesta hade ändå löst sig till det bästa för alla inblandade (vare sig djur eller människor hade egentligen kommit till skada av deras lilla äventyr) så de kände sig ändå, med rätta, ganska nöjda med vad de gjort och åstadkommit den relativt korta tid deras detektivbyrå hade funnits.

– Har du förresten tänkt på att Lisa snart ska börja skolan, sa Bengtsson sedan, som om det plötsligt bara hade fallit honom in. Brukar man inte ge någon present eller så då?

– Kanske det, sa Orvar, hon kan väl ta väskan, åtminstone tills någon annan ägare dyker upp och så kan hon få mina solglasögon också, de är ju ändå för små för mig, så blir hon lite tuff när hon kommer till nya skolan. Det kanske kan bli början på hennes egen detektivutrustning.

– Äsch! Hon ska ju bli läkare, det har du väl inte glömt?

– Ja just det. Då ska hon få en sax också, det kan alltid vara bra att ha.

– Det blir bra det. En hatt kanske, vad tycker du om det. Alla borde ha en ordentlig hatt oavsett om man är detektiv eller läkare. Jag kan då inte tänka mig något bättre än att komma till skolan i hatt. Det skyddar mot solen.

– Jag vet inte det. Så länge hon inte kommer inrullande i rullstol, med sjukhusklänning och ser ut som en gammal gubbe så vet jag inte riktigt om det skulle passa.

Nu skrattade de båda när de förstod hur tokigt de tänkte, när allt de egentligen gjorde var en akt av ren omtänksamhet. Innan de kommit ut ur parken mötte de också, som av en lycklig slump (och precis som det borde vara), återigen Lisa och pannkaksmamman som kommit från affären. De var så glada över att få se Bengtsson på benen, eller i alla fall ute, att de genast bjöd hem dem på pannkakor med sylt och kaffe och i bästa fall också någon korv som blivit över om Orvar ville ha.

Ingen av dem ville för allt i världen vara utan det, särskilt i sällskap av mammans förtrollande leende och Lisas glada skratt. Allt annat fick plötsligt vänta, för inget i världen kunde rimligtvis vara viktigare än att få tillbringa lite av sin tid tillsammans med dem man tycker mycket om.

Det var en högst vanlig men synnerligen vacker dag och det var sannerligen också två alldeles vanliga men ovanligt lyckliga män som allt till trots hade överlevt det mesta, hade varandra och därtill en pannkaksmamma som såg till att de fick trivas, som gick hemåt den dagen. Den ena, en lite butter realist och den andre en lycksökande, lite impulsiv opportunist som båda hade upptäckt sidor hos sig själva som de inte trodde fanns. Och alla förstod de att man helt enkelt fick vara den man var, att det var ok att vara annorlunda. Om man var vanlig eller ovanlig avgjordes av de vänner man hade och för alla finns där någon, det gäller bara att ha turen att hitta den man tycker om. Men det går också att bjuda till och få andra att tycka om en för den man faktiskt är, bara man respekterar deras egenheter också.

Och så slutar till slut också den här berättelsen om Orvar korvar och uppochnedvända Bengtsson, åtminstone för den här gången.

Innan sommaren riktigt hade tagit slut i den lilla staden hade så mycket hänt som hade gett dem så många minnen och så många skratt att nära nog hälften hade varit nog. Många människor hade glatts eller oroats över deras upptåg och där de dragit fram var ingenting sig längre riktigt likt. Om sedan allt det här verkligen har hänt eller om allt bara är påhittat, skarvat och tillagt går inte riktigt att svara på, men att det finns många helt vanliga människor som Orvar korvar och uppochnedvända Bengtsson det kan man vara säker på. Det finns det överallt, i alla små och stora städer världen över, om det nu finns något sådant som ”helt vanliga människor” eller ”ovanliga” med för den delen.

Avslutningsvis

Om jag nu skulle göra en tillägnan som författare ofta gör så skulle jag förstås tänka lite extra på alla de som stöttat då det varit svårt och jobbigt, men också de som varit med då det varit kul. Jag skulle tänka på dem som läst, kommenterat och kommit med tips och goda råd, Eva Söderberg som med stor noggrannhet hjälpt mig att hitta alla fel och konstigheter, Mia som tecknat alla de roliga bilderna, alla de djur, personer och händelser som inspirerat mig och såklart också de som stått ut med att jag har fantiserat mig bort när jag egentligen borde ha gjort viktigare saker. Kort sagt, försöker jag att, utan att nämna alla, inte glömma någon. (konstig mening det där.)

Tack!